诗的消息,
诗人的故事

张新颖 —— 著

上海文艺出版社

目录

小序   1

卷一 | 细读几首诗

瓶与水，风旗与把不住的事体
    ——冯至《十四行集》第二七首新解   2
"孤独的爱情"与丰富的现代敏感
    ——穆旦《诗八首》   17
海子的一首诗和一个决定   24

卷二 | 杂谈几位诗人的事

寻访戴望舒游学法国的事   36
秋蝇之死亡   43
鱼化石   52
山山水水总关情   61
葡萄苹果死于果子，而活于酒   70
赵萝蕤与《荒原》   73

陈梦家写豫剧《红日》 77

穆旦在芝加哥大学

　　——成绩单隐含的信息及其他 87

穆旦与萧珊 100

用最简单的语言写最单纯朴素的诗 117

一个年轻艺术家的学习时代 125

路翎晚年的"心脏" 143

卷三 | 诗歌笔记（一）

不要学钢琴和诗歌 164

新诗的童年 168

"你不能做我的诗，正如我不能做你的梦" 172

猫头鹰、蛇之类 175

心灵失路的叫喊 179

"颓加荡"的诗 187

抗战和他们的诗

　　——戴望舒、艾青、穆旦：三代诗人的例子 196

像一面风旗，把住一些把不住的事体 201

诗人写那些使他烦恼得几乎发疯的事 207

"我的骨骼里树立着它永恒的姿态" 215

冬日的大海和诗歌	219
棕榈之死	223
《中国新诗：1916—2000》编选小序	228

卷四 | 诗歌笔记（二）

刘半农《教我如何不想他》	234
冰心《繁星》第七五首	237
闻一多《闻一多先生的书桌》	240
徐志摩《再别康桥》	243
林徽因《古城春景》	246
废名《妆台》	250
林庚《破晓》	252
戴望舒《萧红墓畔口占》	258
艾青《我爱这土地》	261
穆旦《春》	263
曾卓《有赠》	265
北岛《结局或开始》	267
崔健《一块红布》	271
欧阳江河《汉英之间》	276

小序

书编成,需要篇小序,却不知道该说些什么。茫无头绪之际,忽然想起两年前写的一首诗,重读一遍,竟然觉得,用在这里也算贴切——

诗:之,止,姿

米沃什《魔山》这首诗写了三个真实的形象,
布德贝格、陈先生和他自己,
他们是伯克利的同事。
"听说陈先生是一位有名的诗人,
这我当然确信,因为他写诗只用中文。"
就像他本人,写诗只用波兰语:
"您写诗使用的语言几乎没有人懂。
但是您的诗有人看重。这里有阳光。"

米沃什没有写出华人陈先生的名字，
但我们应该知道他，陈世骧。
早年写作和评论新诗，与哈罗德·阿克顿合作
编译《中国现代诗选》，一九三六年在伦敦出版。
那时候他在北平，说"诗人操着一种另外的语言"。
一九四一年他到了美国，几年后受聘伯克利，
逐渐转向中国古典：
追踪昏暗岁月挣扎苦痛的文心，
发掘文学作为对抗黑暗之光的创造力量。

陈先生讲"诗"字的原始观念，
说"诗"是这样难产，
远绍着虫的语根：虫象足着地，
同时具有"之"和"止"相反二义，
升腾出两个繁复多面的高级观念范畴，
限指心意为"志"，特著其言则谓"诗"。
足之往，足之停，自然地踏出节奏，
"之"—"止"—"之"—"止"。
诗者，志之所。在心为志，发言为诗，
言之不足，嗟叹，永歌，手之舞之，足之蹈之。

米沃什说在一所著名大学任教弥足珍贵，
他用赫拉克利特的格言形容他和他的同事：
"甚至在熟睡中，我们也在为建设世界而工作。"
孤寂感能够成为一种激情，之止合而为一。
陈先生在旧金山湾论述中国"诗"字得形立义，
用英文讲中国的抒情传统，讨论《诗经》《楚辞》，
他打桥牌，也打麻将，死去了将近半个世纪。
"在诗歌走动的年代，有多少代
蜂鸟陪伴它们。穿过这魔山。"——之止成"姿"：
陈先生从中西文艺批评阐发"姿"字，明其为
活动最富有意义时的把握与表现，纪律与组织。

  诗中说到在大学任教，此事意义有大有小。就其小而言，可以小到眼前这本小书——如果我不是在大学课堂开"中国新诗"课，大概就不会有它了。

二〇二三年十一月末

卷一 细读几首诗

瓶与水,风旗与把不住的事体

——冯至《十四行集》第二七首新解

从一片泛滥无形的水里
取水人取来椭圆的一瓶,
这点水就得到一个定形;
看,在秋风里飘扬的风旗,

它把住些把不住的事体,
让远方的光,远方的黑夜
和些远方的草木的荣谢,
还有个奔向无穷的心意,

都保留一些在这面旗上。
我们空空听过一夜风声,
空看了一天的草黄叶红,

向何处安排我们的思,想?
但愿这些诗像一面风旗
把住一些把不住的事体。①

今天之所以选冯至的一首诗来讲,首先是坂井洋史先生的提议,这个提议非常合我的心思,我愿借这个机会和在座的诸位一起交流和讨论。我还记得几年前,佐藤普美子教授约我为《九叶读诗会》杂志写一篇谈冯至诗的文章,我的文章没能及时写出来,现在可以用这个演讲还债了。

我曾经把冯至的《十四行集》和穆旦等年轻诗人的作品,放在二十世纪三十年代末到四十年代中期中国社会的战争环境、西南联大的学院空间和诗人自我内外这三者之间的交互关系中来讨论,这些问题今天就略而不谈了;② 今天只谈《十四行集》的第二七首,这是这一经典的诗集中特别享有盛誉的一首,谈得已经很多了,我想用三个另外的文本来参照,看看能否获得新的理解,发现新的思路和意思。

---

① 冯至:《十四行集》,桂林:明日社,1942年,61—62页。承佐藤普美子教授赠送这个初版本的复印件,特此致谢。
② 可以参看拙著《20世纪上半期中国文学的现代意识》第八章《学院空间、社会现实和自我内外》,三联书店2001年版,194—224页。

一

我用来参照的三个主要文本，来源和性质很不相同。第一个只能勉强称之为"文本"，其实是一个小孩子的话，从平常的生活中无意得来的。

这发生在小孩子三周岁的时候，他问我："你知道水的形状吗？"我还没想出怎么回答，他就比比画画地说："用瓶子装水，瓶子的形状就是水的形状。瓶子是圆形的，水就是圆形的；瓶子是长形的，水就是长形的。"

我听得一愣。《十四行集》最后一首，不就是这么说的吗？"从一片泛滥无形的水里／取水人取来椭圆的一瓶，／这点水就得到一个定形。"连意象都一样。

我一开始只是对这个巧合感到惊讶，时间久了，我就想，为什么一个刚刚开始认识世界的小孩，会和一位有着丰富的学识和生命经验的成熟诗人，产生如此的巧合？瓶，是这首诗的核心意象之一，它对应的是水，它给无形的水一个定形。为什么要给水一个定形呢？为什么要问水的形状呢？我想，人在面对世界的时候，渴望对世界有一个认知，这是人类一开始就有的基本冲动。人对世界的观察和基本认知，数量、形状、位置是基本形式，按照康德认识论的说法，这是感性认识的基本形式，是产生代数和几何的基础。渴望认知世界的基本冲动，从人类的远古到现代，一直未曾衰歇过；一个人从童稚时期到成长的过程，到成熟的状态，也一直伴随着这个基本的冲动。

在冯至的这首诗里，对世界的认知进一步转化为要对世界有一个把握，这是内心深处的渴望。冯至的这种渴望，在潜藏的层次上，与人类的基本认知冲动相合。但冯至之所以产生这样的渴望，在显明的意识里，更主要的是来自现实的刺激，来自"泛滥无形"的现实的刺激。在写作《十四行集》的时代，战乱和在战乱中暴露出来的各种各样纷杂无绪的问题，使人强烈渴望秩序、规范、意义、确定性，这是个人的渴望，也是一个民族和国家的集体渴望。

为什么用瓶与水的关系来表达这种渴望呢？瓶的意象，在冯至仰慕和潜心体会的德语诗人里尔克（Rainer Maria Rilke, 1875—1926）的诗里经常出现，我的老师陈思和教授曾经引用里尔克《致奥尔弗斯的十四行诗》第二部分第十八首与冯至诗相对照，该诗描写一个正在跳舞的女孩，有这样的比喻：

> 但它结果了，结果了，你的消魂之树。它的果品
> 安详宁静，可不正是这些：这渐趋

成熟而有条纹的水罐,和更其成熟的水瓶?[①]

"舞蹈者的旋转正在形成罐与瓶,当她渐趋成型的时候,也仿佛是树的成熟结出了果实;诗人就如舞蹈者,他的诗就是正在创造一个容器,正在开启一个空间,把难以把住的事体通过主观的精神创造把握住。"[②]

冯至的诗很平静,可是这种平静里面包含着他对"泛滥无形"的内心焦灼。"泛滥无形"的状态,是失控的、任意的、无政府的状态,存在造成危险的可能性,随时可能释放破坏性的力量。这是一种没有文明规范的不成形、不成熟状态,甚至是没有文明规范的野蛮的状态。瓶则是文明的创造物和象征,是成形的状态,是成熟的表征,也是一种规范的力量。取水人用椭圆形的瓶给水一个定形,这样的水就不是"泛滥无形"的了。

但问题是,水到底是什么形状的呢?水是椭圆形的吗?

我刚才转述小孩的话,只说了一半。接着刚才的话,小孩又问:"水在水里是什么形状呢?你知道吗?"

小孩其实不要别人回答,他自己就说了:"水在水里,就是水的形状。"

---

① 里尔克:《致奥尔弗斯的十四行诗》,《里尔克诗选》,绿原译,人民文学出版社 1996 年版,545 页。
② 陈思和:《中国现当代文学名篇十五讲》,北京大学出版社 2003 年版,260—261 页。

水在水里的形状，才是水的形状。这个意思已经在冯至的诗之外了，也正因此，使我对于瓶与水的关系的处理，产生出一种反省。

渴望认知世界虽然是人类从远古以来的基本冲动，但这种冲动所表现出来的形式还是发生了巨大的变化，最根本的变化是从启蒙运动以来，人作为现代主体诞生了，人的理性不仅确立了人的崇高地位，而且重新规划了人和世界之间的关系，世界变成了人这个主体的对象，人可以凭借理性去赋予这个对象以秩序和意义，人可以凭借理性去把握这个对象。主体的人是怎样把握这个莽莽苍苍的世界的呢？一种方式是对它进行切割、划分、规划，现代学科的建构就是以此为基础的。与此方式相通，我们常常是通过对对象的缩小来把握对象的。必须先对它进行缩小，否则是把握不住的。

汉语里"把握"这个词，直接的字面意思是用手来把住、握住，人要"把握"世界，可是人的手有多大，世界又有多大？然而，把握世界已经是现代主体的基本冲动了，我们也可以说，这是所谓的现代性的一种内在驱动力。用瓶去取水，给水一个定形，就是这样一种把握世界的形式。

我们再重新来看这几句诗。"泛滥无形"的水是"一片"，取水人只是取来一瓶，那么得到定形的水只是这一瓶，只是"这点水"得到定形；"这点水"和"一片水"相比，恐怕还是太少了，没有被装进这个椭圆的瓶的水，还是"泛滥无形"的。

我想，冯至对取水人用椭圆的瓶给水一个定形，是深感欣慰的，这也是冯至用瓶这个意象主要想表达的意思；同时冯至本能的诚实和他未必有意识保持的清醒，使他并没有完全陶醉于这种欣慰，他承认得到定形的只是"这点水"。冯至应该是很喜爱瓶这个意象的，但瓶相对于"一片泛滥无形的水"亦有不足、不够、无能为力之憾，也在诗句中留下了隐蔽的痕迹。这个隐蔽的痕迹或许是他自己也没有觉察的。但是这种不满意的无意识，促使他紧接着就提出了另一个更重要的意象，风旗。在第一节就要结束的时候，冯至马上就把读者的注意力引向了"在秋风里飘扬的风旗"。而且直到全诗结束，再也没有提起瓶这个意象，风旗的意象则贯穿到底。

二

旗这个意象，在里尔克的诗里也经常见到，譬如题为《旗》的诗，前面半首是：

傲岸的风波动着旗子
在蓝色的天空中间

不断地变幻颜色，

仿佛要把它延伸到另一个地域，

在那片屋顶上，无偏的风，

全世界的风，风连通着，

你啊，真不愧是一个善打手势的人

总翻弄着变幻无穷的动作：

舒展的旗子露出它扯满的盾徽，

那皱褶中蕴含着多么沉潜的万象！①

里尔克写风和旗，冯至把它们合为一体，称为风旗。在里尔克的诗里，风仿佛要把旗子"延伸到另一个地域"，而冯至的风旗则是一个中心，一个固定的制高点，远方的事体都奔它而来。冯至祈愿远方的事体和奔向无穷的心意，"都保留一些在这面旗上"，那么这面保留了这么多内容的风旗，就恰如里尔克诗中的旗子，"皱褶中蕴含着多么沉潜的万象"。

但我在这里要参照的第二个文本，并不是里尔克的诗，而是美国诗人华莱士·斯蒂文斯（Wallace Stevens, 1879—1955）的名诗《坛子的轶事》。下面是这首诗的原文和两种中文翻译：

---

① 里尔克：《旗》，徐知免译，《里尔克诗选》，臧棣编，中国文学出版社1996年版，94页。

Anecdote of the Jar

I placed a jar in Tennessee,

And round it was, upon a hill.

It made the slovenly wilderness

Surround that hill.

The wilderness rose up to it,

And sprawled around, no longer wild.

The jar was round upon the ground

And tall and of a port in air.

It took dominion everywhere.

The jar was gray and bare.

It did not give of bird or bush,

Like nothing else in Tennessee. [1]

坛子的轶事

我把一只坛放在田纳西，

它是圆的，置在山巅。

---

[1] 《现代英美诗一百首》，张曼仪主编，北京：中国对外翻译出版公司，香港：商务印书馆（香港）有限公司合作出版1993年版，44页。

它使凌乱的荒野

围着山峰排列。

于是荒野向坛子涌起,

匍匐在四周,再不荒莽。

坛子圆圆地置在地上

高高屹立,巍峨庄严。

它君临着四面八方。

坛是灰色的,未施彩妆。

它无法产生鸟或树丛

不像田纳西别的事物。

(赵毅衡 译)[①]

瓶子轶事

我把一口瓶子安放在田纳西,

体态多浑圆,玉立山丘。

它叫懒散的旷野

围绕山头。

---

① 《欧美现代十大流派诗选》,袁可嘉主编,上海文艺出版社1991年版,419页。

旷野朝它一拥而上，

葡匐在四周，驯服不野。

瓶子玉立山丘，体态多浑圆，

轩昂高举，堂堂气宇。

它君临一切，

瓶子灰黯而光秃，

既无小鸟，也不长灌木，

不像其他的一切在田纳西。

(张曼仪　译)[①]

我无法确知冯至是否读过斯蒂文斯的这首写于一九二三年的诗，但冯至的风旗，首先让我联想到的，就是斯蒂文斯放在田纳西的坛子。本来田纳西的这一片荒野是散漫的、无序的、没有中心的，但是在山顶放上一只坛子，这一片散漫的空间就有了中心，有了制高点，荒野的事物仿佛被驯服了，向着坛子葡匐而来，涌向这个中心和高度。

我们也可以设想，在冯至诗中的旷野里，如果没有一面飘

---

① 《现代英美诗一百首》，45页。

扬的风旗,那"远方的光""远方的黑夜""远方的草木的荣谢"等事体,就只能是散乱的、各自为政的,它们之间建立不起关联,不能构成一个整体,也产生不出"奔向无穷的心意"。

诗里有两句:"我们空空听过一夜风声,/空看了一天的草黄叶红。"这里面有强调的"空空"一词,还有再次重复的"空"——这是以否定的方式的对风旗的肯定:如果没有这一面风旗,那就什么都是"空"的,把不住的。

有了这面风旗,孤立的存在、涣散的存在、各是各的事体,就被整合起来,有了一个"奔向"之处;我们的思和想,也有了一个可以保留之处。

对于斯蒂文斯来说,坛子是文明和艺术的象征,他认为艺术不能产生"鸟或树丛"那样的现实事物,却能赋予混乱的世界一种秩序;而冯至也对他的诗寄予同样的愿望:"但愿这些诗像一面风旗/把住一些把不住的事体。"

不过从我的感受来说,我以为冯至的风旗比斯蒂文斯的坛子更胜一筹。风旗更灵动、更活泼、更敞开,从《十四行集》整体而言,这最后一首带有总结的性质,它呈现出自身敞开所获得的各种经验化合之后而成就的提升和开阔,几乎可以说,这是趋向于无限崇高的提升和无限旷远的开阔。斯蒂文斯的坛子则有点像冯至诗里取水人的椭圆形的瓶,但这个坛子更高傲,它君临四面八方,周围的事物都要匍匐着围绕着它。文明相对于野蛮、艺术相对于现实,如此的优越和傲慢,显得僵硬了。它只是"统治者",不屑于和周围的事物对话和互动;而风旗则是在和周遭远近的事物的互动中展现自己,也同时展现这些互动的事物。

相对于椭圆形的瓶只能给一点水定形,飘扬的风旗整合了远方的诸种事体和奔向"无穷的心意",它表现它们,却并不生硬地给它们一个强加的限制和规范。我以为,冯至用风旗这个意象,超越了瓶这个意象的不能圆通之处。

三

第三个参照文本是很多人都熟悉的,是鲁迅的文字。鲁迅逝世前不久,写下了一篇感人至深的文章:《"这也是生活"……》,其中说到他大病转机后的一天夜里,他醒来了,喊醒了许广平——

"给我喝一点水。并且去开开电灯,给我看来看去的看一下。"

"为什么?……"她的声音有些惊慌,大约是以为我在讲昏话。

"因为我要过活。你懂吗?这也是生活呀。我要看来看去的看一下。"

"哦……"她走起来,给我喝了几口茶,徘徊了一下,又轻轻的躺下了,不去开电灯。

我知道她没有懂得我的话。

街灯的光穿窗而入,屋子里显出微明,我大略一看,熟悉的墙壁,壁端的棱线,熟悉的书堆,堆边的未订的画集,外面的进行着的夜,无穷的远方,无数的人们,都和我有关。我存在着,我在生活,我将生活下去,我开始觉得自己更切实了,我有动作的欲望——但不久我又坠入了睡眠。[①]

在垂危之际,鲁迅以柔弱无助的方式,对生命的自由责任做出了发自灵魂深处、已经化为本能的阐释。

《十四行集》的第十一首写鲁迅,冯至表达了老师的感念:"我永久怀着感谢的深情/望着你,为了我们的时代:/它被些愚蠢的人们毁坏,可是它的维护人却一生//被摒弃在这个世界以外——"这个意思很容易理解,但说鲁迅"被摒弃在这个世界之外"不够恰切。鲁迅不仅处在这个世界之中,而且正因为处

---

① 《鲁迅全集》第六卷,人民文学出版社1981年版,600—601页。

在这个世界之中,才始终和这个世界紧密地关联着。即使临近生命的终点,他还深切表达着这样的紧密关联的经验:"外面的进行着的夜,无穷的远方,无数的人们,都和我有关。"

"让远方的光、远方的黑夜/和些远方的草木的荣谢,/还有个奔向无穷的心意,//都保留一些在这面旗上。"这些诗句和鲁迅的文字,不仅意象上相通,在精神和思想上,更是相合。如果我们借用冯至的意象,把鲁迅想象成为一面风旗,也是顺理成章的事情;反过来,我们也可以借用鲁迅上面的文字,来想象冯至诗中风旗,来想象风旗的心思。

风旗也有它的心思,也许我们能够体会到。

二〇〇八年三月二十五日

在日本一桥大学的演讲

"孤独的爱情"与丰富的现代敏感
——穆旦《诗八首》

这次讲穆旦的《诗八首》,讲法是一句一句地分析。一首诗好不好,能不能经得起一句一句地细读,可以作为检验的标准之一。

《诗八首》写于一九四二年,穆旦二十四岁,已经处在现代汉语诗写作"探险队"的最前沿。我用"探险队"这个比喻,来自穆旦本人,他的第一本诗集就以此命名。

我先从《探险队》(昆明文聚社,一九四五年)里面挑出一句,来看看穆旦独特的注意力、感受性和表达方式。这是他二十岁时候写的,《我看》的最末一行:

像季节燃起花朵又把它吹熄

这句所描述的自然现象,如果让我们来说,大概通常就会说成:花开花落。花是主语,开、落好像是花自己的事,而且开、落本身也很平常，不值得大惊小怪。穆旦却看到了使得花开花落的力量，即"季节"，这种力量作用于花朵，既热烈又冷酷，热烈时"燃起花朵"，冷酷时"又把它吹熄"。穆旦对这种力量的强烈感受，类似于迪兰·托马斯的表述："通过绿色的茎管催动花朵的力/也催动我绿色的年华；使树根枯死的力/也是我的毁灭者。"

现在回到四年之后写的《诗八首》。《诗八首》通常看成组诗，其实可以直接看成是一首诗，一首爱情诗，分八个部分，前后衔接紧密，有头有尾，写出了一个完整的爱情过程。

说到爱情，生活里的爱情和文学里的爱情，我们不妨先自动联想一下，看看浮现在我们脑海里的是什么，然后再来读穆旦的这首诗，做一个对比，或许更能体会穆旦的特质。

诗的开篇："你底眼睛看见这一场火灾，"第一句就描述出一个爱情现场。把爱情比喻成火，说它的温暖和热烈，很常见，换句话说，也可能是陈词滥调；穆旦加了一个字，变成一个词，"火灾"，同时说出了它的热烈和危险，热烈到有可能成为"灾难"的程度。穆旦经常会在一个意象里包含不同的意思，这是一个很小的例子。第二句紧接着深入这个现场，情形出人意料："你看不见我，虽然我为你点燃。""你"和"我"之间的距离关系突显。三四句是冷峻的分析和深重的感慨:"唉,那燃烧着的不过是成熟的年代,/你底,我底。我们相隔如重山!"

这一声"唉",是无奈,但不停留于喟叹,紧接着是深入"真相",直白地说,这个爱情"不过是"青春这个年龄的"燃烧"——生命的这个"季节""燃起"了爱情。非常微妙的是,把"相隔如重山"的原因推到这里,既让人绝望,似乎也暗暗地带来一点儿宽解:"不过是",好像把重量减轻了;但这个解释虽然逼近根底,却并不充分:它没法解释为什么是"我"和"你",而不是其他的人。

接下来还是要回到具体的个体,要说"我"和"你"。

"从这自然蜕变底程序里,/我却爱了一个暂时的你。"为什么是"暂时的你"?生命本身处在不停息的变化中,任何时候的生命都是"暂时"的,一旦没有变化,停滞了,生命也就不是生命了。这是"自然蜕变底程序",个体都在这个"程序"里。"自然蜕变底程序"也让我们回过头来理解上一节的"成熟的年代","你底,我底"青春也是"自然蜕变"而来的。"你"是"暂时的你",那么"我"呢?当然也是"暂时的我",所以这一句其实是"暂时的我却爱了一个暂时的你",不稳固、不确定的性质愈发强烈。

"即使我哭泣,变灰,变灰又新生,/姑娘,那只是上帝玩弄他自己。""上帝""玩弄""你"和"我","你"和"我"都是他的造物，也就是"玩弄他自己"。

从"成熟的年代"到"自然蜕变底程序"到"上帝"，越来越清楚地显示出一种力量，这种力量既高于我们个体的生命，又内在于我们个体的生命，它时时刻刻作用于我们，也当然作用于我们的爱情。所以在爱的关系中，不仅仅有"我"，有"你"，还有这样一种无形却强大的力量，使得爱变得复杂和困难。而且，通过爱情，开启了对生命的思考。

这是第一首，它处在爱情开始的阶段，却呈现出了这场爱情的基本格局，呈现出了各种重要的因素之间的动态的紧张关系。

顺着对第一首的理解，我们来看下面的诗。

第二首，"水流山石间沉淀下你我，/而我们成长，在死底子宫里"。孕育生命的"子宫"却是属于"死"的，尖锐冲突的力量被扭结在一个短语里，强烈地突出了"成长"的生命所感受的阻碍和抑制。这样的意识和语言方式，在几乎同时写的短诗《春》里，有一个类似的表达：说的是二十岁紧闭的肉体，"一如那泥土做成的鸟的歌"——鸟本能地要歌唱，可是"泥土做成的鸟"如何歌唱？如同年轻的生命要"成长"，可是"在死底子宫里"如何"成长"？纳博科夫曾经说："我怀疑宇宙原本是个发荧光的尸体，而我们就在那里面。"这个说法与"在死底子宫""成长"很相像，但没有穆旦这句诗里的那种极端紧迫的矛盾冲突。这种情形中的"成长"，只能是，"在无数的可能里一个变形的生命/永远不能完成他自己"。

接下来，"我和你谈话，相信你，爱你，/这时候就听见我底主暗笑"，"我底主"，那种力量又出现了，"不断地他添来另外的你我/使我们丰富而且危险"。成长，变化，新因素的加入，我们的生命才变得"丰富"，但不断"丰富"的生命也不断增加不确定性，对于爱情来说，也意味着"危险"。

第一首、第二首，是在爱的强烈渴求和对这种渴求的冷峻的理性思考之间，在这两种力量的纠缠、撕扯中艰难推进的；到第三首，理性暂时退场，青春和爱情的感受性得以充分表现。这一首比较好读，越过"大理石的理智殿堂"，感受年轻生命里的"小小野兽"，"春草一样"的"呼吸"，"颜色，芳香，丰满"，感受生命接触的"疯狂""温暖""惊喜"。

第四首承接第三首，"静静地，我们拥抱在/用言语所能照明的世界里"；但即使如此，也预留了"危险"：因为还有"言语"所不能"照明的世界"，"而那未成形的黑暗是可怕的"；不过，在"那可能的和不可能的使我们沉迷"之际，先不管它。"那窒息着我们的/是甜蜜的未生即死的言语，/它底幽灵笼罩，使我们游离，/游进混乱的爱底自由和美丽。"

第五首,理性回来了,但它不表现为无情的怀疑,而表现为有情的肯定。自然的景物和自然的秩序引发"我"沉思,夕阳西下,微风吹拂田野的美好与平静,有其根源,是"多么久的原因在这里积累";同样的原因,同样的力量,使"我"走向"你":"那移动了景物的移动我底心/从最古老的开端流向你,安睡。""那形成了树林和屹立的岩石的,/将使我此时的渴望永存。"与此永存的渴望同时,自然秩序的"形成"和"移动",也启发"我":"一切在它底过程中流露的美/教我爱你的方法,教我变更。"

第六首,说爱情是一条"危险的窄路",在相同而生的"怠倦"和差别造成的"陌生"之间,"我制造自己在那上面旅行"。"制造",即从"我"分裂出一个"他",这个分裂要用很大的力量人为"制造"而成,"他底痛苦是不断的寻求/你底秩序,求得了又必须背离"。

第七首,上一节是对爱的祈求:"风暴,远路,寂寞的夜晚,/丢失,记忆,永续的时间,/所有科学不能祛除的恐惧/让我在你底怀里得到安憩——"破折号接下来的下一节,却并不能让这个祈求得到圆满实现:"呵,在你底不能自主的心上,/你底随有随无的美丽的形象,/那里,我看见你孤独的爱情/笔立着,和我底平行着生长!""孤独的爱情",不交叉,不融为一体,各自生长。

第八首结束全篇,说两个人像两片树叶,分享共同的阳光,这是"再没有更近的接近"了。"等季候一到就要各自飘落,/而赐生我们的巨树永青,/它对我们的不仁的嘲弄/(和哭泣)在合一的老根里化为平静。"树和树叶并非是一体同生共死的,它们之间的关系复杂交织着多个层面:"赐生我们的巨树"让我们想起"自然蜕变的程序",它对"我们"的嘲弄让我们想到"上帝"对他的造物的"玩弄",而永青的"巨树"不仅"嘲弄",而且"哭泣",又让我们想到这是"上帝玩弄他自己"。全诗以"化为平静"归结,实际上却很不平静。

我一开始提到那句诗,读完《诗八首》之后,再回头看看:他写的这一场爱情,整个过程,压缩浓结,是不是就"像季节燃起花朵又把它吹熄"?

《诗八首》热烈和冷峻交相作用,生动的形象和理智的思考紧密结合,身体的感受性和抽象的思辨一并展开,一并深入。穆旦在情感、意识和思想不同层面的现代敏感,在这个作品中体现得复杂、尖锐而丰富,成就了这篇中国新诗史上的杰作。

二〇一九年二月二十二日

海子的一首诗和一个决定

从明天起,做一个幸福的人

喂马,劈柴,周游世界

从明天起,关心粮食和蔬菜

我有一所房子,面朝大海,春暖花开

从明天起,和每一个亲人通信

告诉他们我的幸福

那幸福的闪电告诉我的

我将告诉每一个人

给每一条河每一座山取一个温暖的名字

陌生人,我也为你祝福

愿你有一个灿烂的前程

愿你有情人终成眷属

愿你在尘世获得幸福

我只愿面朝大海，春暖花开

（《面朝大海　春暖花开》）

一

《面朝大海　春暖花开》，也许是海子的诗里面流传最广的一首。有人为它谱了曲，唱成了歌；它被选进几种版本的中学语文教材。有的人只读了海子的一首诗，就是它。

这个秋季，我在芝加哥大学东亚系讲课，其中一门是"近二十年来的中国文学"，专门讲一次海子的诗。本来设计的教学大纲里主要讲《麦地》《春天，十个海子》等作品，上课前一周，忽然想起让助教把《面朝大海　春暖花开》找来，分发给选课的学生。我当时的想法是，这首诗简单，明朗，亲切，也许有助于拉近学生和诗人的距离吧。

只是准备让大家读读就过渡到其他作品的这首诗，没想到却引起了很有意思的讨论。有西班牙血统的美国学生 Anne Rebull 问，这个自杀的诗人怎么会写出这样的诗？或者反过来问，写出这样的诗的人怎么会自杀？这首诗写于一九八九年一月十三日，两个月之后，三月二十六日，海子就在山海关卧轨而死。一个中国台湾出生、美国长大的女生说，为什么他的幸福里面没有做老板、赚大钱?

我自己也产生了疑问。也许这首诗并不像表面那么"通俗"?对这首诗的态度过于草率了?

二

这首诗为人喜爱,是喜爱它的开阔和明净;喜爱它在这么一个面朝大海、春暖花开的境界里,散发着暖融融的、清新的幸福气息;喜爱它对幸福的界定,是这么单纯、基本。人的幸福意识也许越来越复杂、精微和装饰化了,对它的追求越用力,反倒离它越远。幸福也许就在那些简单、普通却基本的事情之中,或者就是那些事情本身,就是"喂马,劈柴,周游世界","关心粮食和蔬菜",就是和别人愉快相处,"和每一个亲人通信","陌生人,我也为你祝福"。

"粮食和蔬菜",作为关心的对象,作为幸福的元素,出现在这里,对熟悉海子诗的人来说,感觉是非常自然的;不过需要特别注意的是,这里出现的是土地上生长的食物的大类,而不是具体的、特殊的物种,不是海子一再写到的麦子和麦地,更不是"我则站在你痛苦质问的中心/被你灼伤/我站在太阳 痛苦的芒上"(《答复》)的麦地。"粮食和蔬菜",

平凡、普通、中性的大类，幸福需要的正是这样没有尖锐性的、可以包容很多东西的大类，不需要独特的与个人经验、意识、情感紧密联系的具体物种。"粮食和蔬菜"确实是海子关心的东西，在这里，却把独属于他个人的意识和感受搁置了起来。

"和每一个亲人通信/告诉他们我的幸福"，这里涉及幸福的可沟通性，可分享性。幸福是可以说出来的，是说出来之后其他人马上就能够明白和理解的；幸福是可以传递的，是在传递过程中不但没有损耗而且还会增加的东西，不仅是传递给了别人，而且使传递幸福的人更加幸福。

那么，什么样的幸福是可以说出来、可以传递的幸福呢？显然，独属于个人的意识和感受的东西，具有精神尖锐性、排斥性的东西，要说出来、要传递，都会遭遇到沟通和分享的困难。海子在这里所说的，不是这样的东西。列夫·托尔斯泰用来开始一部巨著的名言，"幸福的家庭个个都相似，不幸的家庭各有各的不幸"，说的也是这个问题：不幸是有个性的，而幸福没有个性，幸福是相似的。

接下来，海子说得更明白了，幸福，其实就是"尘世"的幸福。对陌生人的祝福，愿他有一个灿烂的前程，愿他有情人终成眷属，愿他"在尘世获得幸福"——这其实是祝福的套语，甚至可以说是滥调；可是，幸福不就是这么"通俗"吗？你所要的幸福，我们所要的幸福，不就是这样吗？

海子祝愿所有人都获得"尘世"的幸福，他自己呢，只要其中的一点点："我只愿面朝大海，春暖花开。"

三

"从明天起，做一个幸福的人"，这个简洁干脆的句子，似乎是说，做一个幸福的人，不过就是一个决定，我决定了，那么就可以了，"从明天起"吧。

是什么使他做了这么一个决定呢？从诗的表面，找不出足够的线索。但这一句，"那幸福的闪电告诉我的/我将告诉每一个人"，隐含了重要的信息，虽然信息并不明确。"幸福的闪电"是什么？是在他自身内部发生的，譬如是他思想中的一闪念，但这个念头突然照亮了他精神中的黑暗？还是从外部奇迹般降临到他身上的，譬如一次突如其来的爱情，一下子照亮了他灰暗的生活？或者也可能是，这"幸福的闪电"根本就没发生，但他渴望着被这样的"幸福的闪电"击中？不管怎样，这个"幸福的闪电"（即使是想象中的）使他感受到了幸福，而且决定传递幸福，决定做一个幸福的人。

这首诗的清新之感，源于这个决定，有了这个决定，就与过去一刀两断了,"从明天开始",就有了一个新的自我,一个新的世界,这个新的自我在新的世界里做过去没有做的新的事情,从而建立起一种新的自我与世界的关系,显然,这是一种和顺的、令人愉悦的关系。

不能把这种关系的建立看成是个人向世界妥协的结果,而是说,有了一个新的自我,然后才有了一个新的世界。"给每一条河每一座山取一个温暖的名字",这个命名的行为,是一种原初的创造行为,是使一个世界开始的行为,是赋予这个世界某种性质的行为。好像是,在此之前,每一条河每一座山都没有名字,"我"给它们取一个"温暖的名字",它们就是"温暖"的了。

看起来,这首诗里的"我"是温顺的、亲切的,没有棱角和锋芒,没有挑战性,没有质问的痛苦和激愤,他与世界的关系改善到了如此完美的程度,其实不是。这个世界不是现实的世界,而是他自己创造的世界,他在这个世界里可以做他高兴做的任何事情,从"喂马,劈柴",到"周游世界",从"有一所房子,面朝大海,春暖花开",到"给每一条河每一座山取一个温暖的名字"。在这样的世界里,他当然无须剑拔弩张。他决定做一个幸福的人,就可以做一个幸福的人。

四

他决定要的,一个新的自我和一个新的世界,什么时候能够出现呢?很快,就在眼前,就是"明天"。

可是,为什么要"从明天起"?为什么不从今天起,从现在起?他好像是一个没有历史的人,他的历史要"从明天"才算起;他的现在,也好像不存在。

可是,还是忍不住要问:现在的"我","明天"到来之前的"我",是什么样的?他处在一个什么样的世界里?他和这个世界的关系如何?

这些问题不能问,一旦问了,答案也就在那里了。他不是一个幸福的人。他也没有和每一个亲人通信,他不是一个善于沟通的人,他没有可以传递和分享的幸福告诉他们。他被困在他自己的精神苦境里。他也不可能通过重新命名世界就改变世界。

没过多久,在他自杀前十几天写的诗里,他想象,春天,十个海子复活;可是就是在春天,在这个"做一个幸福的人"所向往的"春暖花开"的季节,还是有"一个野蛮而悲伤的海子"长久地沉睡——

在春天，野蛮而悲伤的海子

就剩下这一个，最后一个

这是一个黑夜的孩子，沉浸于冬天，倾心死亡

不能自拔，热爱着空虚而寒冷的乡村

（《春天，十个海子》）

五

《面朝大海　春暖花开》令人产生幸福想象的表面之下，隐藏着不安定的因素，隐藏着威胁着这个美丽世界的因素。反向阅读不可避免地会触及这些因素。可是，我们为什么要去触及甚至去追究这些因素呢？我们为什么要这么扫兴呢？我们为什么要逆着这首诗去读，而不是顺着这首诗去读呢？

海子这首诗本身，也许就是"反着说"的，那么如果我们"反着读"，恰好倒是顺正了。

为什么他会在自杀前不久写这样一首诗呢？有一位朋友和我通信时谈起过这个问题。几年前我编选的《中国新诗：1916—2000》（复旦大学出版社，二〇〇一年）出版后，她以为应该把海子的这首诗选进去。我现在想起来，就写信去问她对这首诗的具体意见。谈到自杀和"幸福之诗"的关系，我觉得

她说得非常好,抄录在这里:"首先,海子当然知道,或者有时也羡慕,尘世的幸福;不过我想他没有得到。其次,是不是在那段时间,他的精神压力已经很大,所以写了这首诗,像一份保证书,或者一种心理暗示,为自己找一个短暂的出口。也许也只有在诗人自身状态和写出来的文字之间存在一个如此巨大的反向拉力的情况下,那些美好而空洞的祝福——愿你有个灿烂的前程,愿有情人终成眷属——才可以被理解和接纳。在祝福世界的时候,他也祝福自己。也许他要的是一种解脱。这就像一首在绝望的时候唱起的赞美诗,如果其中有绝望,那一定是彻底的绝望了。"

不过,理解"绝望的时候唱起的赞美诗",可以把焦点放在"绝望"上,也可以放在"赞美诗"上。也就是说,我们还是可以顺着这首诗来读。我们还是可以从正面来接受这首诗。我们还是可以承认这个明媚的世界和幸福的许诺。

我们为什么就不能这样认为:做一个幸福的人就是一个决定,如果我决定做一个幸福的人,就有可能做成一个幸福的人?海子没有做到,也许是因为海子太相信自己是一个"野蛮而悲伤的海子"了;但这或许并不应该妨碍海子诗的读者,那些广大的普通读者,去相信一个决定的力量,去尝试一个决定的实现。

"给每一条河每一座山取一个温暖的名字",不值得试一试吗?

给自己取一个温暖的名字——"从明天起,做一个幸福的人",不值得试一试吗?

六

海子大概没有想到,他的诗会流传得如此广泛,甚至读他的诗的声音,回响在"熟麦的卷发""海水的眼睛"之间。他曾经想象收麦时节的月光普照下,"我们各自领着/尼罗河、巴比伦或黄河/的孩子　在河流两岸/在群蜂飞舞的岛屿或平原/洗了手/准备吃饭"。他还这样说,"月亮下/一共有两个人/穷人和富人/纽约和耶路撒冷/还有我/我们三个人/一同梦到了城市外面的麦地"(《麦地》)。这些,也是我课堂上的学生们热烈讨论的话题。

从学校走到密歇根湖边,只是十几分钟的路。面朝望不到头的蓝色水域,我常常忘记了这是湖,而当成了海。这个恍惚似乎不完全没有道理,美国和加拿大交界处的五大湖互相连接,我后来知道,地理学家们称之为"北美地中海",或者是"内陆淡水海"。事实上,即使是"淡水海"的湖,也还是与海不同,可以找出这样一种区别:这里缺少大海的潮腥味。不知道海子有没有见过海,至少他没有长时间在海边生活过,这是肯定的;我忽然想,当海子想象"面朝大海,春暖花开"的时候,他的想象里,有没有大海的潮腥味呢?

二〇〇六年十月十一日　芝加哥大学

卷二 杂谈几位诗人的事

寻访戴望舒游学法国的事

二〇〇九年秋天在巴黎七大举行了一个小型研讨会,"十位中国现代作家的法国经验和文学创作"。复旦和巴黎七大策划这么具体的题目,为的是把实地考察和学术讨论都落到实处。那种大而无当的会议空话、套话、漂亮话,真是让人哈欠连天。而在这个经过长期准备的小会上,有实在内容的发言,让本以为互相熟悉的与会者,也彼此惊讶。

我不是要报告这个小会,而是要说说因此而聚集到一起的一些大大小小的事情,这些事情远远近近都与会议议题中的诗人戴望舒,有着这样那样丝丝缕缕的关联。

里昂三大的利大英(Gregory Lee)教授在会前的午餐时刻匆匆赶到,举杯之际我向他请教,戴望舒到底是什么原因被里昂中法大学开除的?利教授眨了眨眼睛,说:"这个问题留到开会时候谈吧,现在喝酒。再来一杯怎么样?"说着他又给我斟上了酒。

开会的时候利教授讲他的戴望舒研究,边讲边拿各种资料,讲着讲着拿出一封信,是施蛰存写给他的。我们传看这封短信,我回想二〇〇八年大象出版社出版的《施蛰存海外书简》,里面好像没有,就用数码相机拍了下来。此信写于一九八二年七月五日,抄录如下:

利大英先生:

收到你的信,知道你又要来中国,我很高兴,希望不久能会见你。

现在我给你一个书目,请你随便代我买几本,买不到也不要紧。不过,H. Read 的 Meaning of Art,这本书最好能买到,我很想再读一下。

你打印的一首诗是我的旧作,1934 年写的。中文处理器是怎么样一个机器?我不知道,是打字机一类的吗?

我很高兴等候你来。

问好。

施蛰存

P. S.
《戴望舒诗集》的法文译本已出版,我给你留了一本。

那个时候的利大英是住在伦敦的"一个英国青年"(施先生

在《诗人身后事》一文里这么称呼他),多年以后变成了法籍教授。意外看到这封短简,有点兴奋;略微遗憾的是,施蛰存所开的欲购书目,没有同时见到。

利大英的英文著作 *Dai Wangshu: The Life and Poetry of a Chinese Modernist* (The Chinese University Press, Hong Kong, 1989)出版后,施蛰存在《诗人身后事》一文中郑重推介,说它"给研究中国现代文学的西方学者,树立了一个典范"。施蛰存是戴望舒最亲密的朋友,《诗人身后事》总结和交代亡友去世后四十年来,他为亡友所经营的后事:文稿的保藏、编辑、出版等,令人感慨他对亡友长久的责任和深情。当他看到"第一本用英文写的戴望舒评传",其心情自然不比寻常。

我翻看利大英教授的这本著作,注意到几个细处:它是题献给施蛰存的;书里有多幅人物照片,第一幅居然不是戴望舒,而是施蛰存,一九八二年摄;书的最后一幅照片,我以前没有看到过,恐怕也不太容易看到:是戴望舒和施绛年(施蛰存的妹妹)的合影,两个人并排坐在船上的两把藤椅里。那应该是一九三二年十月八日,戴望舒从上海乘船赴法游学,"送行者有施老伯,蛰存,杜衡,时英,秋原夫妇,呐鸥,王,瑛姊,英,及绛年。父亲和英没有上船。我们在船上请王替我们摄影"(戴望舒《航海日记》)。

话再回到那天的会议。却说眼见利大英教授出示的施蛰存书信引起大家的兴趣，巴黎七大的尚德兰（Chantal Andro）女士说她那里有艾青的信和诗，不一会儿就从办公室拿了过来。上个世纪八十年代，著名的《欧罗巴》杂志想发表艾青的新作，就请翻译过艾青《诗论》的尚德兰女士约稿；艾青很快回信，同时寄来两首诗。没想到这两首诗让《欧罗巴》很为难，似乎觉得不像艾青以前的诗，又好像是不太像诗，最终还是决定不发表。这两首诗的名字是《敬礼，法兰西》《巴黎，我心中的城》，我不清楚上世纪九十年代出版的《艾青全集》是否收录了。

第二天去里昂，利大英教授带我们参观市立图书馆馆藏里昂中法大学的档案资料和图书文献。这一下眼睛可不够用了。单说个人档案，是看常书鸿、敬隐渔呢，还是看潘玉良、苏雪林、张若名呢？甚至王独清申请中法大学没有通过，也保存了他的一封申请信。

我的心思还在戴望舒，他的档案非常完整。

戴望舒到法国后，大约一年的时间生活在巴黎，很快经济上难以支撑，于是申请到里昂中法大学读书。一九三三年六月二十八日，戴望舒致信校长。他的法文手迹真是漂亮，满满两页的信函之后，还附了一页他翻译的法文作品目录，也是写得满满的：《奥加珊和尼各莱特》《鹅妈妈的故事》《少女之誓》《高龙芭和珈尔曼》《弟子》《天女玉丽》《紫恋》《法兰西短篇杰作集》《法兰西现代短篇大系》《陶尔逸伯爵的舞会》等。可是校方回函,从他翻译的这么多东西里,看不出他要申请读书的方向和计划。戴望舒又写一封长信,这次是满满三页纸,说他要学习法国文学,打算两年读本科,再用两年读博士学位。校方再回一函,希望他提供在上海震旦大学学习法国文学的成绩证明等。戴望舒写第三封信,两页。这次总算过关。十月一日,戴望舒入学注册。奇怪的是注册证明上,他把自己的出生日期写成一九〇四年,实际是一九〇五年。十月二十日,戴望舒获得优待,准予享受助学金。这样他的生活问题就解决了。

一九三四年八月二十二日,戴望舒离开里昂到西班牙旅行,十月十九日返校。在西班牙,参观富有历史意味和文学情趣的地方,看电影,逛书店,还发现了一批由早期耶稣会传教士带到西班牙的中国书籍,据此写了一篇《西班牙爱斯高里亚尔静院所藏中国小说、戏曲》。有人向校方报告,戴望舒在西班牙参加了政治活动,是西班牙左翼的支持者;而政治活动在中法大学是被禁止的。校方致函戴望舒,请他做出解释。戴望舒写了满满两页,解释他这五十九天的所作所为。

最终戴望舒还是被除名了,一九三五年二月离开里昂,从马赛乘船回国。擅自离校作西班牙之行,有参与政治活动的嫌疑,是被开除的一个原因,但不是全部原因。还有一个可能更重要的原因是,戴望舒不去上课,也没有成绩。当年与戴望舒住同一个宿舍的罗大冈回忆说：戴望舒是"按照公费生的待遇，可不是正式公费生。我是正式公费生，我天天要上课，跟法国学生一起上课，一起做作业。他什么都不管。他准备住两年以后走啊。两年以后，你没有成绩，你非走不可"。

戴望舒离开里昂之前，重又游历巴黎，住在十四区Daguerre街四十八号一个朋友那里。有可能是在这里，戴望舒写了一首《灯》。法国两年，戴望舒忙于翻译，诗却只写了两首，都是即将离开法国的一九三四年十二月写的，《古意答客问》和《灯》。《灯》里有这样的句子：

> 采撷黑色大眼睛的凝视
> 去织最绮丽的梦网！
> 手指所触的地方：
> 火凝作冰焰，
> 花幻为枯枝。
> 灯守着我。让它守着我！

有意思的是，今天里昂三大的校园，就是当年戴望舒应该来上课的校园里，还为戴望舒种了一丛丁香树，旁边有一块牌子，上面的中文是："纪念中国诗人戴望舒　里昂中法大学学生"。我猜想，这大概是利大英教授的主意吧。

下午参观中法大学。走了不少上坡路，还要坐索道缆车，到了山顶，才算到了。我问是否当年就有这种索道式的公交车，回答说是的。也难怪戴望舒不去上课，这么不方便。原来叫做中法大学的这个地方，只是宿舍，学生上课要到山下的里昂大学。这个地方更早的时候是座兵营，有点城堡的样子，墙上留着射击孔。里面草木杂生，迎面一种树，满身大片大片的黄叶，树下也落满了大片大片的黄叶，厚厚的，不知几层。大家都叫不出这树的名字，陪我们来的费南教授去问一个不认识的中年人，那人也不知道，却说，你留个电话，我弄清楚了给你打电话。黄昏时分，我们早已下山，走在熙熙攘攘的市区街道，费南的手机响了。他告诉说，那是椴树。

二〇〇九年十一月二十四日

秋蝇之死亡

戴望舒是《现代》杂志（一九三二——一九三五年）的主要诗人，又是继起的《新诗》月刊（一九三六——一九三七年）的创办者之一，在这个刊物周围，聚集起了冯至、梁宗岱、孙大雨、卞之琳、徐迟、纪弦（路易士）等诗人。可是，不管是作为中国象征派诗歌的主要人物，还是作为"现代"派的主力，戴望舒似乎始终摆脱不了"令人望名生疑"的处境。

"生疑"的焦点在哪里？主要是在如何评价他融会中西诗歌的努力这个问题上有所分歧。戴望舒的老朋友施蛰存在《〈戴望舒译诗集〉序》说："望舒译诗的过程，正是他创作诗的过程。译道生、魏尔伦诗的时候，正是写《雨巷》的时候；译果尔蒙、耶麦的时候，正是他放弃韵律，转向自由诗体的时候。后来，在四十年代译《恶之花》的时候，他的创作诗也用起脚韵来了。此中消息，对望舒创造诗的研究者，也许有一点参考价值。"但这本基本完备的译诗集也正好授人以柄，李欧梵就据此指出："尽管戴望舒宣称对法国象征主义诗人非常崇拜并且翻译了波德莱尔《恶之花》里的许多篇章，但这位法国象征主义之父或其他重要的象征主义诗人，如魏尔伦、兰波、马拉美、瓦雷里和阿波里奈尔对戴望舒的吸引还不如一些次要的后象征主义诗人，特别是果尔蒙、保尔·福尔、耶麦和苏佩维艾尔，他们关于法国乡村的柔和的印象主义语调的诗歌似乎更合乎他抒情诗的口味，而他们的语言也更易于理解。这种个人的品位也影响到了他的创作，如果他的主要的诗集《望舒草》可作为任何暗示的话，在此集中的大多数诗在表面上都是抒情诗，而在本质上蕴含了一些对自然的甜美的召唤。戴望舒的所谓'象征主义'手法可能在于对某种物体的描述上，比如《我底记忆》中一支燃着的香烟，一个旧粉笔盒，半瓶酒，和一摞被撕碎的诗稿，带着一系列隐喻的意味，诱发对树木、夜晚、秋色等强烈情感的联想。"这种看法，基本上是余光中、痖弦等对戴望舒诗评价的应和，这两位后来的诗人指出："戴望舒对诗歌的观点，如《诗论零札》所显现的，很大程度上是来自法国的象征主义，然而在自己的创作中，戴望舒则经常无法达到他所期望做到的程度。"

上述看法的一个既隐含又明显的前提，即是以西方现代诗的趣味和标准来判断中国新诗语境中的戴望舒的创作。它有它的"洞见"，自然也有它的"不见"。而在另一种观点看来，戴望舒的诗，当然不单纯是外国诗派影响的结果，这里发生的是一种汇合。他数量不多的诗作"却凝结着新诗的一代诗风,这是一种什么诗风?凭借着中国诗歌的深厚根底,敏锐地感觉着现代西方的诗意,剔除了其中的病态成分,而融化汇合成新的诗风"。而在这种融会的过程中,"诗人本身已有的深厚的文化素养已容不得任何外来思想的反客为主,因此这吸取也就有了自己的特色"(夏仲翼《戴望舒:中国化的象征主义》)。

那首有名的《雨巷》,借用了古诗名句"青鸟不传云外信,丁香空结雨中愁"的意象,似乎是一种现代白话版的扩充和"稀释",不过确实应该注意到它回荡的旋律、流畅的节奏、音色交错的美感(synesthesia),魏尔伦、兰波等主张诗对音乐性的追求在戴望舒的这首诗里得到了刻意的响应。但是走到这一步已是极限,象征主义的音乐本体论思想,音乐是先验的艺术、是自在之物的直接印记的近代哲学观念,戴望舒不可能一股脑儿照搬过来;而法国象征主义者醉心于"神秘的冲动",有意识地削弱理智和意志作用的主张和实践,和一直处于理性规限之下的戴望舒的诗创作,自然不能不显示出明显的歧异。所以《雨巷》不久,《望舒诗论》的第一条就说:"诗不能借重音乐,它应该去了音乐的成分。"

《断指》《我底记忆》等标志了戴望舒诗风的明显变化,第二部诗集《望舒草》所收作品,代表了他别具一格的成就。《断指》在他自己的创作中开启了这样的诗风:"在亲切的日常说话调子里舒卷自如，敏锐，精确，而又不失它的风姿，有节制的潇洒和有工力的淳朴。日常语言的自然流动，使一种远较有韧性因而远较适应于表达复杂化、精微化的现代感应性的艺术手段，得到充分的发挥。所有这种诗里的长处都见之于从《我底记忆》这首诗开始以后所写的诗里，而且更有所推进，直到第二个诗集的例如《深闭的园子》《寻梦者》《乐园鸟》等最后几首的写作时期。"（卞之琳《〈戴望舒诗集〉序》）

如果我们对戴望舒这一代知识分子和他个人的生平有所考察，就会感受到一种深重的挫折感和失败感，来自于时代和社会，也来自于个人的遭遇，从青年时代起就一直如影随形，缠绕不去。可是我们读戴望舒留存下来的一共不足一百首诗，就会发现一个问题，那就是，这种深重的挫折感和失败感，从来就没有得到充分的表达，但他似乎又一直在表达着。这也许和他对诗的认识有关，像他的朋友杜衡所说："诗是一种吞吞吐吐的东西，术语地来说，它底动机是在于表现自己与隐藏自己之间。"也正是他的这位朋友，在为《望舒草》作序的时候，特别强调"虽然有时候学着世故而终于不能随俗的望舒所能应付"的"复杂""苦恼""重压""幻灭""虚无"，"尽是些徒劳的奔走和挣扎，只替他换来了一颗空洞的心"，"在苦难和不幸底中间，望舒始终没有抛下的就是写诗这件事情。这差不多是他灵魂底苏息，净化。从乌烟瘴气的现实社会中逃避过来，低低地念着'我是比天风更轻，更轻，/是你永远追随不到的'(《林下的小雨》)这样的句子，想象自己是世俗的网所网罗不到的，而借此以忘记。诗，对于望舒差不多已经成了这样的作用。"这些话也许能够揭示出，戴望舒的挫折感和失败感之所以没有得到充分表达，除了与他个人的诗学观念有关之外，更主要的原因在于他逃避对此种经验的充分表达。诗是对苦痛的慰藉，而不是对苦痛深刻挖掘。"假如有人问我的烦忧，/我不敢说出你的名字。"(《烦忧》)这种从人生态度到诗学立场的关涉联通，显然对戴望舒的诗创作造成了限制和障碍。

但仅就《烦忧》这首诗而论，这种既"表现自己"又"隐藏自己"的动机，这种"吞吞吐吐"的抒发，这种回环往复的方式，却造成了余韵悠长的效果。

说是寂寞的秋的清愁，
说是辽远的海的相思。
假如有人问我的烦忧，
我不敢说出你的名字。

我不敢说出你的名字，
假如有人问我的烦忧：
说是辽远的海的相思，

说是寂寞的秋的清愁。

把个人的"烦忧"投射为"秋的清愁"和"海的相思",带出了宽广的时间和空间,仿佛这"烦忧"就不只是狭小的个人内心一隅的东西了。

艾青称赞戴望舒的诗"具有很高的语言魅力",从这首诗也能多少体会一些。

另一方面,整体而言不充分却一直在表达着的表达,有时也会触及被掩盖着的绝望的深渊,这就要求有心读者的充分体会了。譬如,《望舒草》里有一首《秋蝇》,只为个别论者所注意,却为我们提供了探讨戴望舒结合中国古典诗境、西方象征主义诗艺、个人现代感受而融化无间的一个绝好的例子。全诗如下——

> 木叶的红色,
> 木叶的黄色,
> 木叶的土灰色,
> 窗外的下午!
>
> 用一双无数的眼睛,
> 衰弱的苍蝇望得昏眩。

这样窒息的下午啊!
它无奈地搔着头搔着肚子。

木叶,木叶,木叶,
无边木叶萧萧下。

玻璃窗是寒冷的冰片了,
太阳只有苍茫的色泽。
巡回地散一次步吧!
它觉得它的脚软。

红色,黄色,土灰色,
昏眩的万花筒的图案啊!

迢遥的声音,古旧的,
大伽蓝的钟磬?天末的风?
苍蝇有点僵木,
这样沉重的翼翅啊!

飘下地,飘上天的木叶旋转着,
红色,黄色,土灰色的错杂的回轮。

无数的眼睛渐渐模糊,昏黑,
什么东西压到轻绡的翅上,
身子像木叶一般地轻,
载在巨鸟的翎翮上吗?

诗中化用了"无边落木萧萧下"的意境作为反复出现的形象,但造成的感受不是古典式的。对于木叶的感知是通过秋蝇之眼来呈现的,而秋蝇的弥留状态又为诗的叙述者所"观看"。所以这首简短的诗却展开了繁复的层次、繁复的主体的视角和变化着的知觉,借秋蝇奄奄一息的主观感觉写出了一种越来越无力、越来越无望的生存状态。木叶的形象有四次变奏,最初苍蝇衰弱的眼睛还刚刚"昏眩",感到"窒息"和"无奈",还能搔头搔肚子,还能感知木叶的颜色;接下去只感到"寒冷"与"苍茫"、"脚软",木叶的色彩已经无暇顾及,唯见"木叶,木叶,木叶,/无边木叶萧萧下";再接下去苍蝇"僵木",视觉变弱,模糊的听觉依稀可辨迢遥的声音;最后这无数的复眼"模糊""昏黑",身体失重,而木叶旋转纷飞,杂色错陈"回轮",则成为死者行将熄灭的记忆里最后的图像。"一个在繁乱杂沓的世界里被折磨得筋疲力尽的人的生存状态,自我感觉趋向死亡的感觉,全部是用象征的手法表现的。而对木叶的描写,并非'具体的表象',而纯然是主观视觉里的映象。因而这回环式的伴奏就显得更灵动。象征主义手法用到这样的规模,早就不是中国古典诗词里古已有之的样子了。"(夏仲翼《戴望舒:中国化的象征主义》)

另外还可以注意的一点是,这首诗叙述的倾向大大强于抒情,苍蝇趋近死亡的过程因叙述而显出戏剧化的性质。正是在向虚无和死亡的步步推进的叙述过程中,叙述者个人的内心感受被步步推进到极端,表达也被步步推向丰富和深刻的境地。我们知道,对叙述性和戏剧化的追求正是现代诗放逐肤浅、甜腻、一般化抒情的手段,这一点也成为现代诗的一个特征。我们惯常称戴望舒是一个抒情诗人,如果较起真来,恐怕是不够十分公正和准确的。也许戴望舒并不曾特别有意识地追求诗的叙述性和戏剧化,可是自己不察觉地倾向和接近了它,不是反倒更能说明个人的现代经验和感受作用于诗的表达的力量吗?

鱼化石

一

夏济安在西南联大教书的时候，爱上他班里的一个女学生，可是一个人内心狂热痴想，很少化为切实的言行，偶有笨拙的表示，自以为深意存焉，对方却极可能浑然不觉，结果，自然是没有什么结果。《夏济安日记》在台湾是一本很有名的书，重版多次，我手头所据的是时报文化出版公司一九八〇年第八版的复印件。一代名家的这一段苦恋心迹，不能不令读者感慨良多。

夏济安那时来往较多的年轻同事有卞之琳、钱学熙等，而卞之琳的恋爱苦恼之深犹甚于他，所以他有时候会把自己跟卞之琳比，以苦比苦，似乎苦还可以忍受，恋爱不是一件容易的事，不独于己如此，这也勉强算是个安慰。一九四六年一月十二日记：钱学熙"批评卞之琳爱情失败后，想随随便便结个婚，认为这是放弃理想，贪求温暖，大大要不得"。夏济安在日记里替卞之琳——其实是为自己——辩解道："可是像卞之琳这样有天分有教养的人，尚且会放弃理想，足见追求理想之难了。"

卞之琳苦恋的对象是张充和。一九三三年，卞之琳虚岁二十三，夏天在北京大学英文系毕业，秋天认识了来北大中文系念书的张充和。因为张充和，卞之琳诗创作也发生了很有意味的变化。当初闻一多先生曾经当面夸他在年轻人中间不写情诗，他自己也说一向怕写私生活："正如我面对重大的历史事件不会用语言表达自己的激情，我在私生活中越是触及内心的痛痒处，越是不想写诗来抒发。事实上我当时逐渐扩大了的私人交游中，在这方面也没有感到过这种触动。""但是后来，在一九三三年初秋，例外也来了。"——他在《〈雕虫纪历〉自序》中坦言——"在一般的儿女交往中有一个异乎寻常的初次结识，显然彼此有相通的'一点'。由于我的矜持，由于对方的洒脱，看来一纵即逝的这一点，我以为值得珍惜而只能任其消失的一颗朝露罢了。不料事隔三年多，我们彼此有缘重逢，就发现这竟是彼此无心或有意共同栽培的一粒种子，突然萌发，甚至含苞了。我开始做起了好梦，开始私下深切感受这方面的悲欢。隐隐中我又在希望中预感到无望，预感到这还是不会开花结果。仿佛作为雪泥鸿爪，留个纪念，就写了《无题》等这种诗。"但事情并不到《无题》诗时期为止，"这番私生活以后还有几年的折腾长梦"。说得更郑重一些，这其实是一个人一生中刻骨铭心的经验和记忆。其中不乏一些感情的细节,如《无题三》所写——

> 我在门荐上不忘记细心的踩踩,
> 不带路上的尘土来糟蹋你房间
> 以感谢你必用渗墨纸轻轻的掩一下
> 叫字泪不玷污你写给我的信面。
>
> 门荐有悲哀的印痕,渗墨纸也有,
> 我明白海水洗得尽人间的烟火。
> 白手绢至少可以包一些珊瑚吧,
> 你却更爱它月台上绿旗后的挥舞。

香港的张曼仪女士是卞之琳研究专家,她编选的《卞之琳》一书附有《卞之琳年表简编》,极其简单的年表,许多事情只能略而不记,却特别在意地记下了与张充和相关的"细小"信息,如一九三三年的初识;如一九三六年十月,回老家江苏海门办完母亲丧事,"离乡往苏州探望张充和";如一九三七年,"三月到五月间作《无题》诗五首",又,"在杭州把本年所作诗十八首加上先两年各一首编成《装饰集》,题献给张充和,手抄一册,本拟交戴望舒的新诗社出版,未果,后收入《十年诗草》"。如一九四三年,"寒假前往重庆探访张充和",其时距初识已经十年。年表虽然是张曼仪所编,这些事情却一定是卞之琳讲出来并且愿意郑重编入年表中的。

一九五五年,卞之琳四十五岁,十月一日与青林结婚。

二

据张充和的二姐张允和讲:"四妹喜欢小红帽,在北京大学念书时同学们叫她'小红帽'。小红帽很淘气,有一次到照相馆特意拍了一张歪着头睁一只眼闭一只眼的古怪照片,又拿着这张照片到东吴大学的游泳馆办理游泳证。办证人员说,这张照片怎么行,不合格。她装出很奇怪的样子说,为什么不合格?你们要两寸半身,这难道不是吗?"(《张家旧事》)张充和喜欢男装,这一点像三姐张兆和。她特别擅长书法和昆曲,后来在美国的大学里,也传授此道。

张充和还记得一件趣事,说是沈从文为追求三姐,一九三三年寒假第二次到苏州,晚饭后张家姐弟围着炭火听他讲故事。沈从文有时手舞足蹈,刹不住车。"可是我们这群中小学生习惯是早睡觉的。我迷迷糊糊中忽然听一个男人叫:'四妹,四妹!'因为我同胞中从来没有一个哥哥,惊醒了一看,原来是才第二次来访的客人,心里老大不高兴。'你胆敢叫我四妹!还早呢!'

这时三姐早已困极了,弟弟们亦都勉强打起精神,撑着眼听,不好意思走开。真有'我醉欲眠君且去'的境界。"(《三姐夫沈二哥》)

抗战爆发后,张充和与沈从文、张兆和一家集聚昆明,张充和的工作是专职编教科书,这项工作由杨振声负责,沈从文是总编辑并选小说,朱自清选散文,张充和选散曲,兼做注解。一九四七年,张充和又和三姐一家相聚北平,第二年来自美国的一个年轻人认识了在北京大学任教的沈从文,并和沈家的两个男孩交上了朋友,说是有益于学习汉语。沈从文很快就发现,这个常常来家里的年轻人对张充和比对他更感兴趣,便不再同他多谈话,一来就叫张充和,让两个人单独在一起。连孩子们都看出了苗头。一九四八年十一月十九日,这个叫傅汉思(Hans H. Frankel)的美国人和张充和举行了一个中西结合的婚礼,一个月后离开北平同往美国,从此形影相随,幸福度日。

三

卞之琳是个极度认真的人,他的"我"似乎始终处在他身上同时存在的"另一个我"的相对于一般人而言更为严格的注视、牵制、监控和反省的状态之下,这样一种构成使他性格和气质中的一些因素显得特别突出，譬如沉潜、内向、多思、矜持、顾虑重重、犹疑不决等，这促成了他的写诗活动对于他要表达的情与事，是一种有"距离的组织"，另一层次上，也使他对自己的诗歌写作的叙述，能够保持比一般的作家自述更多一些的理性、"客观"和审思，也成为一种有"距离的组织"。

基于这一角度考虑，卞之琳的自述长文《〈雕虫纪历〉自序》就有理由被看作是提供了许多重要信息的、可信度很高的"交代"。他说："人非木石，写诗的更不妨说是'感情动物'。我写诗，而且一直是写的抒情诗，也总在不能自已的时候，却总倾向于克制，仿佛故意要做'冷血动物'。规格本来不大，我偏又喜爱淘洗，喜爱提炼，期待结晶，期待升华，结果当然只能出产一些小玩意儿。"这种跟自己过不去的倾向和做法，并不仅仅是性格和气质因素使然，出于诗学和诗艺上的讨论，我们自然会注意到他所选择并受其影响的古、欧诗歌传统和潮流，而对一个有自觉追求并逐渐产生相应的文学能力的诗人来说，为了消化影响、脱出影响，则努力变"古化"和"欧化"为"化古""化欧"。

一般说来，写诗是一回事，在生活中表达感情是另一回事。可是如果把诗与生活混合为一，用诗来表达感情呢？

卞之琳诗思、诗风的复杂化，特别见于从一九三三年到一九三七年抗战前的创作。这一时期的创作代表了他写诗的最高成就，多能以细密繁复的组织、趋向延伸的内蕴，传达现代人精微、敏锐、复杂的经验、思想和感受。这些诗耐读的品性，其中一个原因与卞之琳规避直接表达有关。他的写诗，也像他诗里常常写到的人、事、物的迁变一样，起作用的是淘洗、沉淀，倘若以诗解诗，不妨留意这样的诗句："我明白海水洗得尽人间的烟火；"（《无题三》）"'水哉，水哉！'沉思人叹息/古代人的感情像流水，/积下了层叠的悲哀。"（《水成岩》）他仿佛相信时间的力量，而"时间磨透于忍耐"，他总倾向于认为"回顾"时还挂着的"宿泪"（比即时的热泪）更有表现力（《白螺壳》）。

这样一来，他在诗中表达的感情，就显得特别曲折。譬如想象《无题四》里出现的这样的日常情景：看见所爱的人胸前的饰品，想知道它是从哪里来的，这大概是普通的、自然的、直接的反应；可是到了卞之琳的诗里，那个人因此要研究物质文化交流史。从生活的立场而不是从诗的立场上来看，这个弯就转得太大了，甚至令人不明白所以言。前面再加上两句起兴似的铺陈，真是煞费苦心——

隔江泥衔到你梁上，
隔院泉挑到你杯里，
海外的奢侈品舶来你胸前：

我想要研究交通史。

不过要是读明白了其中的用心良苦,恐怕十有八九的情形是无言以对。更无言以对的是这样的"色空觉悟":因为世界容纳了恋人的款步,所以它是空的。这是《无题五》——

> 我在散步中感谢
> 襟眼是有用的,
> 因为是空的,
> 因为可以簪一朵小花。
>
> 我在簪花中恍然
> 世界是空的,
> 因为是有用的,
> 因为它容了你的款步。

如果不是出于个人特别的习惯、意识和诗艺的琢磨,怎么会写出《鱼化石(一条鱼或一个女子说:)》——

> 我要有你的怀抱的形状,
> 我往往溶化于水的线条。

> 你真像镜子一样的爱我呢。
>
> 你我都远了乃有了鱼化石。

根据《鱼化石后记》的解释，诗的第一行化用了保尔·艾吕亚（P. Eluard）的两行句子："她有我的手掌的形状，/她有我的眸子的颜色。"并与司马迁的"女为悦己者容"的意思相通；第二行蕴含的情景，从盆水里看雨花石，水纹溶溶，花纹溶溶，令人想起保尔·瓦雷里的《浴》；第三行"镜子"的意象，仿佛与马拉美《冬天的颤抖》里的"你那面威尼斯镜子"互相投射，马拉美描述说，那是"深得像一泓冷冷的清泉，围着镀过金的岸；里头映着什么呢？啊，我相信，一定不止一个女人在这一片水里洗过她美的罪孽了；也许我还可以看见一个赤裸的幻象哩，如果多看一会儿"。而最后，鱼化成石的时候，鱼非原来的鱼，石也非原来的石了。这也是"生生之谓易"，也是"葡萄苹果死于果子，而活于酒"。可是诗人又问："诗中的'你'就代表石吗？就代表她的他吗？似不仅如此。还有什么呢？待我想想看，不想了。这样也够了。"

二〇〇〇年一月十二日

山山水水总关情

一

《山山水水》是卞之琳的一部长篇小说,可惜现在不能看到全貌了。

怎么会想到写一部长篇呢?诗人后来回忆说,踏上"而立"的门槛,自以为有了阅历,不满足于写诗,试图以生活实际中"悟"得的"大道理",写一部"大作",用形象表现,在精神上文化上纵贯古今,横贯东西,沟通了解,挽救"世道人心"。当时妄以为知识分子是社会、民族的神经末梢,就着手主要写知识分子。一九四一年暑假动笔,一年多写出十之七八,一九四三年暑假续写,借用冯至昆明东山的林场小舍,一个人自理生活,到中秋节完成了全部初稿。

诗人的自述有些抽象和含混,不知道相关人事恐怕不容易明白。倒是有沈从文一段文字,说得感性而直接。沈从文一九四四年写了一篇叫《绿魇》的散文,其中叙及他一家和其他人借居昆明郊区呈贡一个大院的情形。一个女孩子,住过又走了,却又迁来对这个女孩子用情甚深的寄居者。沈从文的文章里没有写出名字,只说,"一个从爱情得失中产生灵感的诗人,住在那个善于唱歌吹笛的聪敏女孩子原来所住的小房中,想从窗口间一霎微光,或书本中一点偶然留下的花朵微香,以及一个消失在时间后业已多日的微笑影子,返回过去,稳定目前,创造未来。或在绝对孤寂中,用少量精美文字,来排比个人梦的形式与联想的微妙发展。每到小溪边去散步时,必携同我那个五岁大的孩子,用箬竹叶折成小船,装载上一朵野花,一个泛白的螺蚌,一点美丽的希望,并加上出于那个小孩子口中的痴而黠的祝福,让小船顺流而去"。诗人"必然眼睛湿蒙蒙的,心中以为这个五寸长的船儿,终会有一天流到两千里外那个女孩子身边"。这个折竹船顺水漂流的相当"文学化"的细节,却是实有的,沈从文在另一篇散文《黑魇》也写过。

《绿魇》里还说:"诗人所住的小房间,既是那个善于吹笛唱歌的女孩子住过的,到一切象征意味的爱情,依然填不满生命的空虚,也耗不尽受压抑的充沛热情时,因之抱一宏愿,将用个三十万言小说来表现自己,扩大自己。两年来,这个作品居然完成了大部分。有人问及作品如何发表时,诗人便带着不自然的微笑,十分慎重地说:'这决不忙发表,需要她先看过,许可发表时再想办法.'"

二

小说以抗战初期的邦国社会为背景,以一对青年男女的悲欢离合为主线,四卷,写三年时间,四个地点——两个战区中心武汉和延安,两个大后方城市成都和昆明——季节轮换,山水相隔又相连,"行行重行行"——作品借《古诗十九首》的一句作为题词,取字面上反复行进的态势。

这小说读起来,是很需要点耐心的。卞之琳虽然觉得他是在写一种与诗大不相同的东西,但他写小说,还是像他写诗。他的诗耐读,他小说里的句子差不多也是需要你读"进去",读到句子里面去,而不可读"下去",一句一句毫无阻碍地连下去。第一卷《春回即景一》那一章,写到女主人公林未匀在武汉街头碰到当年为她和梅纶年牵线搭桥的廖虚舟,廖说曾见梅纶年的指铗里无意中截留着一小片新月形、色彩鲜明的指甲——

未匀这一下禁不住脸红了。

"我还记得,"廖又说下去,"你在交给我的一篇卷子里问起为什么大家相信如来也喜欢香花供奉，过后，在那个冬天，纶年又问我说，如果《诗经》里的情歌原来都出于孔子自己的手笔，你会觉得蹊跷吗？多离奇的一对问题，可是他们互相回答得正好，而且很美，可不是？因此，"他说得严肃了起来，"原谅我倚老卖老，我要劝勉你们协同努力，证悟你们的价值，践行你们在永恒里的位置。我把你们当作道的诸相之一。我把你们两个放在一起看作正配在最高枝上开放的一朵花，而叹赏那一个永远高洁的风姿。'天行健'，也就表明了永求完美的努力。（你看我实在并不是一个佛家，我只是拿佛家想法的空灵来清疏了我儒家头脑的踏实。）不错，每一分钟的努力之内都有永恒的刹那——一个结晶的境界进向次一个结晶的境界，这就是道。进步也就该如此。"他接着用比喻说明了一下，那在未匀一时更难于索解。"还是不要紧的，"他继续说，"即使'溯游从之'，仍然是'宛在水中央'。噢，对了，去年春天也就是我催劝他直下江南去的，你知道。"他又把眉头皱成了一个微笑。

用情其实是践道。这里的话可以为卞之琳的某些诗做注解。也不妨看成是这部长篇作品所写的"儿女情长"不同一般的核心所在。践道是很重的词，轻易不会用；其情如何，也不是可以轻易说说的。

熟悉卞诗，再来读小说，不时会碰到会心处。行文中多次说到梅纶年的"交通史研究"，譬如第二卷的一章，《山水·人物·艺术》，未匀由三峡风光、一位现代法国作家的议论、"巴东三峡巫峡长，猿鸣三声泪沾裳"的渔歌，想到古今的交通工具，接下来，想到纶年："未匀想纶年又该眉开眼笑得把面孔都圆成一个孩子脸了，因为他总以交通史研究者的资格而津津乐道一位现代西洋作家关于文学作品说的古今的'同时的存在'。"读到这里，不能不想起《无题》里著名而突兀的句子："隔江泥衔到你梁上，/隔院泉挑到你杯里，/海外的奢侈品舶来你胸前：/我想要研究交通史。"除了这首诗，还真没看到因为所爱的人戴着舶来的饰品而要研究"交通史"的。

这一对儿女，相聚又分离，又相聚又分离，回环往复的感情既有上旋的希望又有下旋的危机，总在旋进的态势里，小说似乎没法结束。第四卷写两人在昆明重会，谈论未匀画的一幅山水，未匀又给纶年表演昆曲《昭君出塞》里的舞姿，那么聪慧的两个人，自然能更深地体会：山川隔人，联起人来的也是山川。隔隔联联，没有终了。写小说的人硬造出一个结局，说是，"只因小说总得告一个段落，有一个收场，所以，在最后从整体说来是宁穆的情调中，同样以冷嘲色调一方面使并不贪生怕死的纶年在前方的险境里没有发生事故而在后方安然不避空袭，猝被轰炸所消行灭迹，一方面使总想高飞远举的未匀先一步飞走别处而落入了有待她挣脱出来的一种无形的精神罗网"。

三

近来看到几篇文章提到《山山水水》这部长篇,不约而同地说是卞之琳用英文创作的,其实是卞之琳自己用英文译改中文初稿。中文稿在当时不可能出版,除了上引沈从文说的人事原因之外,还有"政治问题":小说第三卷写延安,在国统区显然犯忌。卞之琳选择用英文译改,当然还有他个人创作上的野心:当时用英文写的中国题材作品,像赛珍珠那样的使他感到可憎,因为迎合西方的偏见和口味,出中国"洋相";像林语堂那样"美化"中国,他也不怎么佩服。

卞之琳用英文译改、修订这部作品,也真是下了苦功。不仅耗时长久,而且跨越山山水水。一九四七年卞之琳获英国文化协会"旅居研究奖",到牛津继续修订译改稿。卞之琳曾经在一九四五年翻译过衣修午德的小说《紫罗兰姑娘》,一九四八年六月衣修午德约他在伦敦午餐,他带去了《山山水水》上编英文译改稿,请衣修午德过目。衣修午德读后给他写了一封信:

> 我已经读了你的小说,它非常使我感兴趣。实在,我

从没有读到过任何作品能如此满足我对现代中国生活的好奇心。我第一次好像"听见"了活的中国人谈话的调子——轻松,微妙,在冷嘲语和玩笑话后边的严肃意味。未匀是一个迷人的人物。她所说和所想的每点似乎都增加了我对中国的了解!

然而把这部书译成英文,我恐怕,你担当了一个几乎是不可能的任务。为达到任何通常的目的,你的英文知识当然是足够的。但只有英国人——实在只有极少数几个英国人——才能完全胜任于对待你写这部书所用的极端复杂的风格。试想一个法国人把普如斯特译成英文,或者一个英国人把亨利·詹姆士译成法文吧!事实上,我以为你却作出了奇迹,但是你的英文里还有——可以这样说吧?——百分之十五的中文!我知道你会了解我这样坦率讲,无非是因为我如此赞佩你的作品,因为我愿意见到它获得最充分的赏识。

衣修午德既真心地称赞,也坦率地指出问题。信中提到普如斯特和亨利·詹姆士,卞之琳"从中感到一点公平的戏嘲,顿令我憬悟"。他在一个冬日多雾的中世纪山村柯茨瓦尔德(The Cotswalds)继续埋头译改修订。自己也没想到不久事情会发生急转:淮海战役打响的消息"震醒"了他,使他断然搁笔，乘船回国。回国后投身到热潮里，过了年把想起这部小说，就把中文初稿找出来付诸一炬。"原因就在于我悔恨了蹉跎岁月，竟在那里主要写了一群知识分子而且在战争的风云里穿织了一些'儿女情长'！"英文译改稿也在"文革"初期散失。

卞之琳的"悔恨"和焚稿，并非无端之举。一九三八年的延安之行是他个人思想变化的一个转折点，《山山水水》有一章叫《海与泡沫》，写延安的集体开荒，他那时已经在感受"文化人拿锄头开荒的意义"了。

五十年代初期的卞之琳没想到他那时已经烧不干净了，因为他在中文全稿完成后，曾把一些章节零零散散在杂志上发表过。我们今天能够看到的，就是这些章节。一九八二年香港山边社印行了这部零散残存的《山山水水》，约七八万字的篇幅，卞之琳写了《卷头赘语》，回忆了写作这部作品的过程，说现存的"残砖破瓦""远远不及全稿的十分之一"。珠海出版社一九九七年出版"世纪的回响"丛书，其中有卞之琳的一册《地图在动》，把香港出的这本小书全部收在里面。

四

再说一点作品外的事。在沈从文看来，创作这部小说的诗人，在现实中是有些不明白的地方的。接着文章开始引的文字，沈从文写道："决想不到作品的发表与否，对于那个女孩子是不成为如何重要问题的。就因为他还完全不明白他所爱慕的女孩子，几年来正如何生存在另外一个风雨飘摇事实巨浪中。怨爱交缚之际，生命的新生复消失，人我间情感与负气作成的无可奈何环境，所受的压力更如何沉重。这种种不仅为诗人梦想所不及，她自己也还不及料，一切变故都若完全在一种离奇宿命中，对于她加以种种试验。这个试验到最近，且更加离奇，使之对于生命的存在与发展，幸或不幸，都若不是个人能有所取舍。……当有人告给二奶奶，说三年前在后楼住的最活泼的一位小姐，要回到这个房子来住住时，二奶奶快乐异常地说，'那很好。住久了，和自己家里人一样，大家相安。X小姐人好心好，住在这里我们都欢喜她'！正若一个管理码头的，听说某一只船儿从海外归来神气一样自然，全不曾想到这只美丽小船三年来在海上连天巨浪中挣扎，是种什么经验。为得来这个经验，又如何弄得帆碎橹折，如今的小小休息，还是行将准备向另外一个更不可知的陌生航线驶去！"

二〇〇一年八月十九日

葡萄苹果死于果子,而活于酒

一九三一年,卞之琳在北京大学上英诗课,颇得老师徐志摩嘉许,徐志摩讲十九世纪的浪漫派,特别是雪莱,讲得天马行空,天花乱坠。十一月徐志摩遇难后,这门课由叶公超接替,叶公超拿手的却是二十世纪的现代主义,使那时正借鉴以法国为主的象征派诗的卞之琳发现了另外一个世界:初识英国三十年代左倾诗人奥登以及已属现代主义范畴的叶慈晚期诗;他还特嘱卞之琳为《学文》创刊号专译托·斯·艾略特著名论文《传统与个人的才能》。卞之琳后来追忆说,此类现代主义诗歌和诗论,不仅影响了自己在三十年代的诗风,而且大致对三四十年代一部分较能经得起时间考验的新诗篇的产生起过作用。

要说卞之琳在中国新诗史上的位置,这样一种个人的"学诗经历"其实就可以表明很多了。英国的浪漫派、法国的象征派和英美的现代主义,在中国新诗史上都能够找到受其影响的对应诗人和作品,卞之琳处在其间,不免各种熏染;更重要的是,他所处的也正是一个转折和变化的点位,卞之琳的贡献,在于他自觉地追求和推动了这种转折和变化，成为三四十年代中国现代派诗歌之间的一座桥梁：在桥梁的这一边，是以徐志摩为代表的后期新月派，以戴望舒为代表的现代派；桥梁的那一边，是以穆旦为代表的新一代中国现代主义的诗歌创作。

但卞之琳的诗又岂止是过渡的桥？正像我们不经意地说他受西方或传统的"影响"，他自己却是在努力地要把"欧化"或"古化"变为"化欧"或"化古"而突出一个中国现代诗人的主体性的情形一样，他的诗也要求着自身存在的独立性和完整性。

在自述长文《〈雕虫纪历〉自序》里，诗人说："人非木石，写诗的更不妨说是'感情动物'。我写诗，而且一直是写的抒情诗，也总在不能自已的时候，却总倾向于克制，仿佛故意要做'冷血动物'。规格本来不大，我偏又喜爱淘洗，喜爱提炼，期待结晶，期待升华，结果当然只能出产一些小玩意儿。"一方面没有真情实感不会去写诗，诗的数量也就很有限，另一方面，在这真情实感之下写诗，却并不就是去直接表达，"我总喜欢表达我国旧说的'意境'或者西方所说'戏剧性处境'，也可以说是倾向于小说化，典型化，非个人化，甚至偶尔用出了戏拟（parody）。所以，这时期的极大多数诗里的'我'也可以和'你'或'他'（'她'）互换"。

如此看来，与其说卞之琳的诗在表达感情，还不如说在隐藏感情。淘洗也好，提炼也好，非个人化也好，戏剧性处境也好,或者是为人称道的由"主情"向"主智"的转化、诗中的哲理意趣,都不妨看作是隐藏个人真情实感的手段。奇妙的是,也正是这样的隐藏感情的手段,锻炼和成就了卞之琳独特的诗艺诗风。

"你站在桥上看风景,/看风景人在楼上看你。//明月装饰了你的窗子,/你装饰了别人的梦。"这首著名的《断章》,按照"主智"的理解,可以解释为相对的时空关系及其转换,诗人自己也愿意别人这样理解,可就是这四句诗,写尽了他的矜持、内向、沉潜和顾虑,也隐藏起多少至深的情感。

卞之琳先生在九十周岁生日前去世了,这让我想起他年轻的时候就讲过"生生之谓易"的道理——他明白"葡萄苹果死于果子,而活于酒"。

二〇〇〇年十二月四日

赵萝蕤与《荒原》

初春的下午,阳光很好,在电脑前坐得久了,感觉疲倦,就走出家门,进了一家熟悉的小书店,随意闲翻。打开新来的《老照片》第五辑,看到一幅赵萝蕤和陈梦家的合影,据说明,那是一九三五年他们相识不久后拍的,拍照者应该是赵萝蕤的老同学萧乾。我看着这一页的照片和简短的文字说明,想,还真有点巧了,我刚刚在电脑上写下的一段文字,正是关于赵萝蕤对 T. S. 艾略特的《荒原》的翻译和介绍。我在这一页面上流连了好长一会儿,才猛然发现,文字说明的作者赵萝蕤,名字上加了一个黑方框。我翻到书册的最后一页,果然从编者札记里确证了赵萝蕤不久前去世的消息。

赵萝蕤是把《荒原》完整译成汉语的第一人。《荒原》在中国产生影响,一是在二十世纪四十年代,主要见诸以西南联大的现代主义诗群为代表的创作中;再是在八十年代,其影响不仅表现在当时文学观念的改变和文学创作的突破上,而且与整个八十年代中国社会接受西方现代文化思想的潮流紧密相关。

特别需要一提的是，一九八〇年第三期《外国文艺》发表的《荒原》，译文仍然出自赵萝蕤之手，她对四十多年前的译文从头到尾进行了修订。在前一个时期，《荒原》的影响不全是通过译文产生的——在西南联大，课堂讲授和直接阅读原文是更主要的渠道；而后一个时期，情形大大两样，基本上可以说，《荒原》在八十年代中国的影响，主要是通过译文实现的。

在第一次世界大战之后的一九二二年，T. S. 艾略特的《荒原》发表。耐人寻味的是，这首轰动西方文坛的长诗，中译本是抗日战争即将爆发之时出版的，这首诗也恰恰就是于抗战时期在中国产生了很大的影响。一九三六年底，赵萝蕤在清华大学外国文学研究所读研究生的最后一年，戴望舒听说她曾试译过《荒原》的第一节，就约她把全诗译出，由上海新诗社出版。在此之前，她已经听过美籍教授温德老师详细地讲解过这首诗，所以她的译注基本就采用了温德的讲解。她还请青年教授叶公超老师写了一篇序，序言显示出叶公超对作品及其作品的影响有着超出一般水平的理解。在"卢沟桥事变"前一个月，赵萝蕤在北京收到样书。这本书计印行平装本三百本，精装本五十本。

一九四〇年，赵萝蕤在昆明，应宗白华之约，为重庆《时事新报》"学灯"版撰文《艾略特与〈荒原〉》，其中有这样清醒的自问："我为什么要译这首冗长艰难而晦涩的怪诗？为什么我对于艾略特最初就生了好奇的心？"她的回答是艾略特和前人不同："但是单是不同，还不足以使我好奇到肯下苦功夫，乃是使我感觉到这种不同不但有其本身上的重要意义，而且使我大大地感触到我们中国新诗的过去和将来的境遇和盼望。正如一个垂危的病夫在懊丧、懈怠、皮骨黄瘦、色情秽念趋于灭亡之时，看见了一个健壮英明而坚实的青年一样。"她急切地点明，"艾略特的处境和我们近数十年来新诗的处境颇有略同之处"。她历数艾略特之前的诗人诗作，用"浮滑虚空"四个字直陈其弊病。赵萝蕤身受"切肤之痛"，在这篇文章的末尾两段，她迫切要表达的其实正是中国的现实情境和对于中国新诗再生的呼唤："《荒原》究竟是怎么回事，艾略特究竟在混说些什么？这是一片大的人类物质的精神的大荒原。其中的男女正在烈火中受种种不堪的磨练，全诗的最末一节不妨是诗人热切的盼望'要把他放在烈火里烧炼他们'，也许我们再能变为燕子，无边的平安再来照顾我们。""我翻译《荒原》曾有一种类似的盼望：我们生活在一个不平常的大时代里，这其中的喜怒哀乐，失望与盼望，悲观与信仰，能有谁将活的语言来一泻数百年来我们这民族的灵魂里至痛至深的创伤与不变不屈的信心。因此我在译这首艰难而冗长的长诗时，时时为这种盼望所鼓舞，愿他早与读者相见。"一九三九年上海出版的《西洋文学》杂志上，邢光组撰文介绍《荒原》并评论赵译，文章的最后说："艾略特这首长诗是近代诗'荒原'中的灵芝，而赵女士的这册译本是我国翻译界的'荒原'上的奇葩。"

一九四六年七月,当时在芝加哥大学留学的赵萝蕤东行到哈佛与艾略特会面,艾略特请她在哈佛俱乐部晚餐,并为她朗诵了《四个四重奏》的片段,希望她以后能翻译这首长诗。艾略特赠送给她两本诗集、两张照片,还在上面签了名字。遗憾的是,赵萝蕤一九四八年底归国后,没能够继续翻译艾略特,用她自己后来的话说,"此后度过了忙碌的与艾略特的世界毫不相干的三十多年时光",直到一九七九年修订《荒原》旧译。

我走出那家小书店,感受着初春下午将尽的阳光,脑子里一会儿是赵萝蕤和陈梦家年轻时的影像,一会儿是《荒原》开头那著名的句子,"四月是最残忍的一个月,荒地上/长着丁香,把回忆和欲望/参合在一起,又让春雨/催促那些迟钝的根芽。/冬天使我们温暖,大地/给助人遗忘的雪覆盖着,又叫/枯干的球根提供少许生命",一会儿又想象着这样的情形:那是抗战期间在昆明西南联大的时候,因为陈梦家在学校就职,按照从清华继承下来的夫妇不同校的规矩,赵萝蕤不能在联大任课,于是她就做了八年的家庭主妇。这个家庭主妇有个特别的形象:烧菜锅时,腿上放着一本英文书。

一九九八年四月九日

陈梦家写豫剧《红日》

一

两年前听朋友说，陈梦家写过一个豫剧剧本《红日》，很是吃了一惊。不久前，上海朵云轩征得陈梦家的这份手稿，我得以先睹，惊讶落到面前的实物上，仍然不肯消散。因此写这篇短文，试作介绍和梳理。

这个剧本是一九五九年写的。前一年十二月二十二日，中国科学院考古所欢送陈梦家等十四人下放河南农村劳动，赶赴洛阳东郊白马寺镇十里铺村的植棉场。一九六〇年一月初返回北京。就是在这下放劳动期间，陈梦家编写了豫剧剧本《红日》。

为什么会写这个剧本呢？是陈梦家主动要写的，还是组织安排他写的？这个原因不可考，但有一点可以明确：编写这个剧本，领导是支持的。陈梦家仔细记录了编写的进程日期，并计算共用时"十八天半"，在给友人的信中更准确地说，"我是用了三十六个'半工'写成的"——"半工"的说法，表明是得到允许，用一半的劳动时间来做这件事。

用来改编的原著，当然是那一时期广为流传的作品。吴强的长篇小说《红日》，一九五七年七月中国青年出版社出版，第二年八月第八次印刷，已累积印数五十七万九千册；一九五八年十二月，人民文学出版社重版；一九五九年译成英文；一九六二年拍成电影。

陈梦家的剧本手稿，用钢笔写在横格纸上，清晰，完整，由几个部分组成：

一、豫剧《红日》编写提纲（3页）

二、人物表（4页）

三、目录（1页）

四、正文

第一场　涟水城外雄师含恨走（8页）；

第二场　虎头岗上攻占辛勤练（17页）；

第三场　吐丝口镇装哑捉俘虏（13页；后面还有一页，划掉了）；

第四场　莱芜城郊激战获全胜（17页）；

第五场　沂蒙山里伤员赴前线（17页）；

第六场　沙河渡口杨军救军长（19页）；

第七场　孟良崮上红旗迎日飘（19页）；

正文结束页（第七场末页），写有"1959/6/29　写毕"，"1959/7/11　修改抄完。共用了十八天半。大热　十里铺中"。

五、还有两张纸：一张写有"《红日》初稿"，此页用画"正"的方式记录工作时日，分列三个时段："看　5/26—6/5　9日；编　6/6—6/28　19日；抄　6/29—7/10　9日"；另一张，写"每页　22行×15字＝330字"。

原著篇幅很长，人物众多，是所谓"史诗"式写法；陈梦家在改编的时候，基本删除了写高级军事首长的地方，而着重表现连班普通战士在战争中的锻炼和成长，附带也描写军队与老百姓的关系。《豫剧〈红日〉编写提纲》中说："这是一个现代的豫剧，道白采用原书的现代语的对话。在唱词方面，除以梆子为主外，我们以为可以穿插一些洛阳曲子，使音乐丰富多样。原著中的歌子，也照样的保存下来。只要我们调制得合宜，是可以融合无间的。"

改编这个剧本是为了"农村中的业余剧团"演出用的，所以《提纲》中特意说明："农村剧团在农村巡回演出，虽是现代剧，似乎在布景和道具方面，应该力求俭省。我们既是以豫剧形式演出的，因此可以多多利用旧有的形式，使布景简化而以唱词唱出场面的情况。"

剧本写成后是否演出过,不得而知,大概是没有。但在改编时,陈梦家是处处想着它是"可用"的,《提纲》最后甚至设想,这个"初次试编的"剧本,"稍加修改以后,也可以作为话剧演出"。

二

提起陈梦家,我们自然会想到他早年是新月派诗人,之后成为古文字学家和考古学家,还会想到他搜集流散在欧美的商周青铜器资料,不大会想到他和豫剧有什么关系,绝不会想到他有一天竟然写了个豫剧剧本。

虽然突兀,多少也算有迹可循。赵萝蕤在《忆梦家》里说:"他喜欢看戏(各种形式的),喜欢写这方面的评论文章和泛论文艺的小文。"(《新文学史料》一九七九年第三期)一九五六年夏天,《人民日报》副刊编辑姜德明在萧乾陪同下访陈梦家,陈梦家谈起近年来迷上了地方戏,特别是河南豫剧,姜德明即请他写点看戏随笔。(姜德明:《诗人陈梦家》,《寻书偶存》,南京师范大学出版社,二〇一一年)

陈梦家的看戏随笔,谈豫剧的有好几篇:

《论老根与开花》,是看了洛阳豫剧团两出老戏《穆桂英挂帅》和《姐妹告状》后有感而发,借演员之口,提问:"老根都刨了,怎么能放花?"(《梦甲室存文》,陈子善编,中华书局,二〇〇六年,188—190页)

《关于电影〈花木兰〉》,赞叹常香玉天赋的歌喉、炉火纯青的艺术,赞成将好的地方戏多拍成电影。(同上,191—193页)

《看豫剧"樊戏"》,介绍他到西安特地拜访的"樊戏"剧团,文章开头说:"几年前在北京吉祥戏院看曲周萧素卿演《三拂袖》,觉得好听好看而情节有趣,从此看上了河南梆子。"最后建议:"我一向以为,作为全中国、作为华北官话区域中心的北京,应该有一个豫剧院。"(同上,196—197页)

据赵珩回忆,小时候陈梦家常带他去看戏,曲周豫剧团来北京演出,旦角萧素卿一个月戏码不翻头(不重复),陈梦家能够看十几二十场。剧团条件艰苦,票价三四毛钱,卖不上座,陈梦家买了很多票送人,还请萧素卿吃过饭。赵珩说,那时候陈梦家在他的朋友间掀起了一股萧素卿热。(《追忆陈梦家》,赵珩口述,王勉整理,《各界》二〇一六年第十期)

——即便如此,陈梦家也不会想到,两三年之后,他会自己动手,编写一个豫剧剧本吧。

三

这个剧本手稿,是怎么保存下来的?朵云轩征来的手稿,附有一封陈梦家的信:

国华兄:

十月间济南来信,早已收到,一恍又是一个月了。兹检出《红日》豫剧原稿,可笑之作,举以奉赠,作为纪念。其中是否有可采用之处,很难说。我是用了三十六个"半工"写成的,盛暑中挥汗作此游戏,亦人生一乐事也。匆匆即祝

撰安

陈梦家

一九六一年十一月七日

原来陈梦家把剧本手稿送人了。受赠者王国华,是王献唐的第三个儿子。这样一看,就清楚了。

王献唐一九六〇年去世后,王国华将若干遗稿寄给陈梦家,请求帮助整理。陈梦家建议以四篇性质相近的文章,汇为一书,即《山东古国考》,并于一九六四年写此书"后记",其中叙及与王献唐的交往:"一九四〇年前后,以齐鲁古陶文的探讨,始

与先生订文字交。解放后在济南相见,随后在北京又数数倾谈,服其淹博通达。先生常以长条粗黄纸作信笺,讨论学问,剖析细微,见解新颖,而墨书清丽,文词庄谐并出,如其为人。"(《山东古国考》,齐鲁书社,一九八三年,279页)一九六三年陈梦家为《尚书通论》重版作"重版自叙",特意提及:"一九六〇年归自洛阳十里铺,故友王献唐先生山东来说,殷殷以此书的修订相嘱,而我亦深感初版颇多疏略之处,欲谋修改,稍事弥补。"(《尚书通论》,中华书局,二〇〇五年,2页)

陈梦家以"可笑之作",奉赠故友哲嗣,"作为纪念";王献唐后人珍视这份手稿,小心保藏于青岛家中,历经六十年代、七十年代的动荡不已而未毁未失,完好如初。

四

这份豫剧剧本手稿的存在,实证了陈梦家生命历程中的一个"意外"、一段"插曲";扩大一点说,也是这一时期知识分子身心经历的一份复杂难言的"物证"。他自己说是"可笑之作","盛暑中挥汗作此游戏,亦人生一乐事也",语调似乎轻松,恐怕也未尝没有自嘲之意。想他是在什么样的处境和心情下"作此游戏",很难轻松起来。

远的不说，就从"文字改革"说起。一九五七年，陈梦家连续在报纸上发表《略论文字学》《慎重一点"改革"汉字》《关于汉字的前途》，直言对"文字改革"和汉字简化的意见。逆势而持异议，会引起什么样的反应呢？远在重庆的吴宓，收到友人寄来的《文汇报》五月十七日刊有《慎重一点"改革"汉字》的剪报，五月二十日日记中记："宓读此剪报，始知宓一向太过慎重，太为畏怯，愧对自己生平之志事矣。即致唐兰、陈梦家一函，述感佩之意。"八月十六日，又记："北京有陈梦家，以反对文字改革为其罪。按宓于五月二十日致唐兰、陈梦家一函，似因浆糊潮湿，邮票脱落，该函竟以'欠资无人收领'退回，宓幸免牵连矣。然宓自愧不如陈梦家之因文字改革而得罪也。"（《吴宓日记续编》，北京：三联书店，二〇〇六年，第三册，88—89页，152—153页）

陈梦家没有接收到来自旧日同事的"感佩之意"，却必须接受接连不断的批判，批判文章可以列一长串，批判会也是一次又一次，他被打成"右派"，而且是考古所"反右"的主要对象。到一九五八年三月，赵萝蕤因精神遭受刺激而发病，陈梦家为妻子住院治疗，多方求助，焦头烂额。由五月中旬陈梦家写给王献唐的一封信，可见他这一时期情形之一斑：

献老：

你五月十二日手教，到底来了。在此时如此心情中，得你庄谐的教言，使我感激。上次写信时，仿佛是我妻子大病初愈（已一切照常），出院回家的几天，那时我尚觉安定一些。岂知病未好透，出院廿天，忽于前数日有重行爆发之势，积至昨日（即前日午夜），忽山崩海沸，令人惊愕。我只得黑夜重行送院急诊，候至昨晨八时，历经哀求，始得重入病房。病人多，床少，挤进去争一席之地，有如此之难。此是我第二次经历，化险为夷，此刻已较平静。然经此激动，我之心情，你当可想而知。我与她共甘苦已廿五载，昨日重送入院，抱头痛哭而别，才真正尝到了这种滋味。人生需为此而来，夫复何言。

……

以上还是十四日写的，后来病况又有恶化，至觉不安之极。……

……

今早一大早即起，小小庭园中，太太心爱的月季业已含苞待放，令箭荷花射出了血红的几箭，最可痛心者是一群黄颜色的美人蕉全开了。美人蕉啊，何以名之为蕉？憔悴乎？心焦乎？

（《王献唐师友书札》，青岛出版社，二〇〇九年，1842—1844 页）

一九五九年陈梦家在洛阳种棉花,六、七月"半工"改编《红日》前后,还为另一件事发愁。考虑赵萝蕤的状况,他致信夏鼐,请求帮助调动妻子到文学所;文学所同意向北大借用,北大西语系坚决拒绝。这期间陈梦家和夏鼐多有书信往返,事情最终未成。

十一月二十五日,陈梦家给赵萝蕤写信,说自己的情况:"反右倾运动,对像我这样的人,有了很大的影响……我在此终日无议,不是少说,根本不说什么。因牙疼,也久不说话。有些小事情,注意得还不够,还要小心又小心。希望平平安安的,在年底以前回家吧。看光景,我们是要住满十二个月才允许回去的。"(方继孝:《碎锦零笺》,山东画报出版社,二〇〇九年,33页)

他倒是平安回到了北京,但此后的日子,却难得平安,一九六六年更是不堪凌辱,竟以自缢的方式结束了生命。

二〇一九年十月二十五日

穆旦在芝加哥大学
——成绩单隐含的信息及其他

一、寻找穆旦的遗迹

我的行李里面放着两卷精装的《穆旦诗文集》（人民文学出版社，二〇〇五年），虽然是讲课的需要，但也并不是非带不可。我希望在客居的空闲时间重读穆旦诗文，更希望，我能够趁在芝加哥大学的二〇〇六年秋季学期，找到穆旦的硕士论文。穆旦一生写的文章很少，诗和译诗之外的各类文字，仅编成一册，首篇是小学二年级时候的几句话短文。倘若能够找到穆旦在芝加哥大学研究生毕业时候的论文，一定是很有价值的吧。

刚到没几天，我就去找Jackson公园，因为穆旦和妻子周与良有张在这个公园的照片。走了很多冤枉路，进入公园的Bobolink Meadow。那里人很少，都是黑人。有一个黑人很远从停着的车里下来，向我这边走，跟我打招呼，我只是向他摆手，继续赶路。他见我不理会,就回车里了。走出公园,看到自己是在63街上。原本我打算要租的房子是在60街,几乎所有的人都说不安全,要是他们知道我一个人走进了63街,怕是更要吃惊不小吧。这次"冒险"也让我在心里感慨,当年穆旦晚上出去打工,清晨三四点钟回家,上下班都路过黑人区;他常买五美分的热狗,只有黑人居住区才有这么便宜的食品。没想到现在,黑人区和不安全联系得这么紧密了。

很容易就找到了61街穆旦和周与良婚后租住的一处公寓,6115 Greenwood Ave;他们在这里没有住多久,就搬到了5634 1/2 Maryland Ave。我从东亚系的办公室走出来,找到后面这个有点奇怪的门牌号,也不过十分钟。正拍照的时候,租住在这里的两个年轻人回来了。我说,你们知道这里曾经住过一个中国诗人吗?这两个美国人一听,非常兴奋,其中一个马上背了几句中国诗,我猜想,那可能是英译的中国古典诗。

接下来找毕业论文,却是一无线索。刚开始,图书馆的人告诉我,很简单,电脑上查一下编目就可以了。可是图书馆的编目上没有。图书馆地下A层是放论文的地方,我想,穆旦是英文系的,论文不出英国文学和美国文学的范围,我就在这两大类里一本一本地翻。翻了一下午,全翻遍了,也没个结果。又到英文系去找,英文系存放学生材料的地方也看过了,根本就没有任何穆旦的信息。

这样找来找去，论文没找到不说，被我打扰的人甚至产生了这样的疑问：你敢肯定这个人是芝加哥大学毕业的吗？

还好，多方周折之后，在图书馆特藏部找到了一本学生住址本 Student Directory 1950—1951，上面有穆旦一九五〇年到一九五一年的住址，即我已经看过的 5634 1/2 Maryland Ave；又找到一本毕业典礼活动安排 Convocation Programs 1951—1954，在一九五二年六月十三日洛克菲勒纪念教堂举行的毕业典礼的硕士学位授予名单上，写着穆旦的名字。

论文还是一点影子都没有。

一直陪我查找论文的东亚系博士生丁珍珍，有一天对我说，我要送你一份礼物。我曾经跟她说过，如果能找到穆旦的成绩单，也很好。我只是这样说说，心里并不抱有多大希望。哪里想到她真从登记注册处（Office of Registrar）找到了穆旦的成绩单。

二、穆旦的成绩单

这份成绩单解答了为什么费了那么大的精力没有找到学位论文：穆旦没有做论文。成绩单最后标明：Degree of A. M. conferred Jun 13, 1952, without Thesis. 他选择了考试的方式，拿到了硕士学位。

特别值得注意的是,这里还标明了授予硕士学位的确切时间:一九五二年六月十三日。这个时间,即是上文提到的Convocation Programs 所记载的穆旦参加在洛克菲勒纪念教堂举行的毕业典礼的时间。

第一本穆旦纪念文集《一个民族已经起来》(杜运燮、袁可嘉、周与良编,江苏人民出版社,一九八七年)附有《穆旦小传》,称"一九五一年获硕士学位";后来李方编《穆旦(查良铮)年谱简编》作为《穆旦诗全集》(中国文学出版社,一九九六年)的附录,十年后修订为《穆旦(查良铮)年谱》附录于《穆旦诗文集》,都在一九五〇年这一年项下,称"年末,获得文学硕士学位";第一部《穆旦传》(陈伯良著,浙江人民出版社,二〇〇四年)《历尽艰难回祖国》一节,也持"一九五〇年年末,……获得文学硕士学位"的说法。有了这份成绩单,这些说法就可以纠正了。

根据成绩单,穆旦是一九四九年九月二十七日入学的,英文名字是 Conway Liang-Cheng Cha。在读期间选修的课程和成绩,依次排列如下:

一九四九年　秋季学期:
T.S. ELIOT　　　　　　　　　　　　　　　　B

SOCA. TH. & ANAL. OF LITERARY FORMS　　B

一九五〇年　冬季学期：
THE HIST. OF LITERARY CRIT'M　　　　　A
"THE CANTERBURY TALES"　　　　　　　B
ENGLISH DEFICIENCY（w）　　　　　　　B

一九五〇年　春季学期：
ENG. GRAMMAR, ANAL. & HIST'L　　　　B
ALEXANDER POPE　　　　　　　　　　　B
BIBLIOG. & LIT'Y HISTORIOG'Y　　　　　B

一九五〇年　秋季学期：
FRENCH FOR READ. REQ'TS　　　　　　　R
INTERMED. RUSSIAN　　　　　　　　　　B
INTR. TO RUSSIAN LIT.　　　　　　　　　A

一九五一年　冬季学期：
HIST. OF AMERICAN LIT.　　　　　　　　C
PREP. FOR EXAMS.　　　　　　　　　　　P
INTERMED. RUSSIAN　　　　　　　　　　A

又，一九五一年一月二十九日通过了法语考试。

一九五一年　春季学期：
CONTEMPORARY POETRY	B
LIFE & WORKS OF SHAKESPEARE	B
INTERMED. RUSSIAN	A

一九五一年　夏季学期：
RESTORATION DRAMA	B
INFORMAL COURSE	A

穆旦的成绩并不算好，B居多，有一门"美国文学史"，竟然是C。所以如此，可以做几个方面的推测：穆旦从西南联大外文系毕业的时间是一九四〇年，到芝加哥大学英文系读研究生，是在九年之后，中间经历多多，一言难尽，不是从学生到学生的单纯生活。但这一点可能不是重要的；还需要考虑的是，穆旦在上世纪四十年代就已经写出了足以奠定他在新诗史上重要位置的作品，虽然他还很年轻；当他来到芝加哥读书的时候，在心理上，有意无意间，不太可能把成绩看得特别重，像一个从大学生直接读到研究生的学子那样去计较A和B。我甚至想，他可能根本就没把成绩当回事。

穆旦在芝加哥大学的成绩单

成绩单上很触目的是,最终学位考试(FINAL EXAM FOR THE MASTER'S DEGREE),在一九五二年二月二十日到二十二日进行,他没有通过,F。三个月之后,五月二十一日到二十三日,他不得不再考一次,这一次通过了。

熟悉穆旦的人看穆旦的选课,看到他入学第一个学期就选了 T. S. 艾略特,不免会心一笑。T. S. 艾略特是穆旦在西南联大时期最热衷钻研的诗人之一(另一个是 W. H. 奥登),他那个时候就在课堂上听燕卜荪(William Empson)讲过,自己的诗歌创作也见出明显的影响。一九五一年春季他又选了当代诗歌,也是西南联大时期兴趣的延续。如果我们再往后看,大概从一九七三年开始,穆旦有选择地翻译英美现代诗歌,主要是艾略特和奥登,留下一部遗稿《英国现代诗选》。周珏良在遗稿的序言中回忆:"我特别记得一九七七年春节时在天津看见他,他向我说他又细读了奥登的诗,自信颇有体会,并且在翻译。"(《穆旦译文集》第四卷,人民文学出版社,二〇〇五年,三三二页)穆旦去世是在一九七七年农历正月初九。对英美现代诗,从青年时期的兴奋接触和钻研,到留学时期的继续学习,再到晚年,在"文革"后期的那个环境里一个人偷偷翻译,乃至生命临终的用心体会,不能不说是沉潜往复,源远流长。

这份成绩单还有一点需要特别注意,就是这个英文系的学生,却一连三个学期选修俄语课,第一学期是 B,后面两个学期都是Ａ，还选修了一门"俄国文学导论"，也是Ａ。穆旦在西南联大时期就跟俄语专家刘泽荣教授学过俄语。芝加哥时期，他对俄语和俄国文学的热情，和对新中国的热情存在着紧密的联系。

芝加哥大学的中国留学生组织了一个"研究中国问题小组"，参加的人有杨振宁、李政道、邹谠、巫宁坤等，穆旦也在其中。小组关注新中国成立后的情况，穆旦表现激进。芝大的国际公寓（International House）是大家经常聚会的地方，周与良回忆："许多同学去那儿聊天。良铮总是和一些同学在回国问题上争论。有些同学认为他是共产党员。我说如果真是共产党员，他就不这么直率了。"（《永恒的思念》，《穆旦诗文集》第一卷，五页）

和穆旦同上俄语课的傅乐淑回忆："我们同选一门课 Intensive Russian，这是一门'恶补'的课，每天六小时，天天有课……选此一门课等于平日上三年俄文的课。……穆旦选此课温习俄文。每逢作练习时，他常得俄文教授的美评。那时他正在翻译普希金的诗。他对我说：选此课可向俄文老师请教自己读不通的字句，译诗将是他贡献给中国的礼物。在芝大选读这门课程的二十来人中，穆旦是班上的冠军。"（《忆穆旦好学不倦的精神》，《丰富和丰富的痛苦》，北京师范大学出版社，一九九七年，二二二页）

有了这份成绩单,也就不难理解,穆旦回国以后,何以在短短的几年时间内,就翻译了数量超出一般人想象的俄国文学理论和作品。不仅有季摩菲耶夫的《文学概论》《怎样分析文学作品》《文学发展过程》《文学原理》(这四本书由上海平明出版社一九五三年到一九五五年出版,其实是一部著作,即《文学原理》,前三本书分别是这部著作的三个部分),更有普希金的《波尔塔瓦》《青铜骑士》《高加索的俘虏》《欧根·奥涅金》《加甫利颂》《普希金抒情诗集》《普希金抒情诗二集》(这些书出版于一九五四年到一九五八年,出版者是上海平明出版社,以及后来平明出版社并入的上海新文艺出版社)。

原来穆旦在芝大选课的时候,就想着他将来要"贡献给中国的礼物"。

三、自译诗和写诗

诗人穆旦在一九四八年之后,创作上出现了一个停滞期,这个停滞期包括芝加哥留学的几年。但是这几年和诗的关系还是有点特殊,特别是一九五一年前后,他把自己过去的多首作品翻译成英文,还在这一年写了两首诗。

一九五二年,纽约出版了一部《世界名诗库》(*A Little*

Treasury of World Poetry: Translations from the Great Poets of Other Languages, 2600 B.C. to 1950 A.D., New York: C. Scribner's Sons, 1952),编者是 Hubert Creekmore,选了穆旦两首诗:*Hungry China*(《饥饿的中国》),*There Is No Nearer Nearness*(《再没有更近的接近》,是《诗八首》的最后一首)。穆旦把自己的诗译成英文,可能源于投稿的动机,翻译了多首,最后选中两首;也可能是先翻译了其中的一部分,选中两首之后受到鼓舞,又翻译了一些。

根据《穆旦诗文集》第一卷,穆旦自译的诗有十二首:《我》(*Myself*)、《春》(*Spring*)、《诗八首》(*Poems*)、《出发》(*Into Battle*)、《诗》(*Poems*)、《成熟》(*Maturity*)、《旗》(*Flag*)、《饥饿的中国》(*Hungry China*)、《隐现》(*Revelation*)、《暴力》(*Violence*)、《我歌颂肉体》(*I Sing of Flesh*)、《甘地之死》(*Upon Death of Mahatma Gandhi*)。

这十二首诗的写作时间,从一九四〇年到一九四八年,正是穆旦创作成熟和旺盛的时期。他把这些诗挑选出来,精心翻译,这个过程,未尝不可以看作是回头检视自己创作的过程,也就不可避免地带有回顾和总结的意味。

这个重温和检视、回顾和总结,也隐约含有告别青年时代的写作的意思。此时的穆旦,思想上正发生较大的变化,这个变化非常清楚地表现在一九五一年写的《美国怎样教育下一代》

和《感恩节——可耻的债》两首诗中。强烈的社会政治意识不加掩饰地表现在对美国资本主义的批判之中，这与对新中国的憧憬和热情恰是一体两面。

早在一九五〇年，穆旦就开始办理回国手续，因为周与良读的是生物学博士学位，"当时美国政府的政策是不允许读理工科博士毕业生回国，文科不限制。良铮为了让我和他一同回国，找了律师，还请我的指导教师写证明信，证明我所学与国防无关"（周与良《永恒的思念》，《穆旦诗文集》第一卷，六页）。直到一九五二年，美国移民局才批准他们回香港。十二月，他们离开美国，一九五三年一月，经深圳到广州，再去上海。二月末到北京，在等待分配期间就投入《文学原理》的翻译。五月，教育部分配穆旦到天津南开大学外文系任副教授。

四、"我们的家总是那么热闹"

穆旦长子查英传在二〇〇六年十月十八日给笔者的信中，说："我父母在芝大的日子是他们一生最快活的时候。"这，无论如何是当年急于回国的穆旦料想不到的。

穆旦和周与良一九四九年十二月在佛罗里达州的一个小城结婚，婚后住在芝大校园附近的公寓，来往的朋友很多，周末聚会，打桥牌，跳舞。他们还常去数学系教授陈省身家里玩，美餐。穆旦待人以诚，大家都喜欢他，周与良说："我们的家总是那么热闹。"（《永恒的思念》，《穆旦诗文集》第一卷，四页）

一九七三年四月二十九日，在南开大学图书馆上班、每天提早半个小时去打扫厕所的穆旦，接到校方通知，在有关人员的"陪同"下，到第一饭店去见了美籍数学家王宪钟。这是二十年来第一位从美国来访的老友，穆旦赠送一册一九五七年出版的《欧根·奥涅金》。一九七五年十月六日，芝加哥大学时期的朋友邹说、卢懿庄夫妇来天津，穆旦也只能到天津饭店去见他们，日记中记："下午五时到达，同到鸭子楼晚餐（每人十元餐费），后到旅舍又谈一小时而归。"〔《日记手稿（4）》，《穆旦诗文集》第二卷，三〇六页〕

我在芝加哥大学东亚系讲穆旦诗的那次课上，注意到学生从图书馆借来的书，其中一本薄薄的《穆旦诗选》（人民文学出版社，一九八六年），扉页上有题签："母校芝加哥大学东亚图书馆留念　周与良赠　一九九二年六月二十五日"；另一本《穆旦诗全集》，也有题签，是几年之后查英传赠送的。

二〇〇六年十二月二十一日

穆旦与萧珊

一、"您问起她安葬的地方"

一九七二年十月二十七日,巴金致信穆旦:

良铮先生:

　　谢谢您的来信。我几次拿起笔想写回信,可是脑子里仿佛一团乱麻,不知道从哪里写起,现在还是如此。想来想去,我只能写上面写的那两个字:谢谢。我想说的许多话都包括在它们里面了。其他的我打算等到我的问题解决以后再写。死者在病中还几次谈到您,还想找两本书寄给您(《李白与杜甫》),后来书没有买到,又想您也许用不着,也就没有再提了。您问起她安葬的地方,我只能告诉您她的骨灰寄存处,那是龙华火葬场(漕溪路二一〇号)二楼六室八排四一七号四格。您将来过上海,去那里,可以见到她的骨灰盒。我本来要把骨灰盒放在家里,孩子们怕会影响大家的情绪,就存放在火葬场,三年后可以接回家来。至于一般的公墓,早已没有了。

　　再一次谢谢您。祝

好!

　　　　　　　　　　　　　　　　　　　　　　李尧棠

　　　　　　　　　　　　　　　　　　　　　　十月廿七日

　　这封信见《巴金全集》第二十四卷(人民文学出版社,一九九四年版,二四三页)。信中的死者,陈蕴珍,即萧珊。萧珊一九一八年出生于浙江鄞县,一九三六年因喜爱巴金小说而开始与巴金通信,从而相识。一九四四年与巴金在贵阳结婚。五十年代萧珊翻译出版了屠格涅夫的《阿西娅》《初恋》、普希金的《别尔金小说集》等作品。一九七二年八月十三日因患癌症去世。

　　巴金从一九七〇年春节后在上海奉贤县五七干校劳动改造,萧珊病重时请假回家照料不被批准,直到萧珊住进中山医院,才得到"工宣队"头头允许,在妻子最后的将近二十天里看护陪伴。期间种种不堪,巴金在《怀念萧珊》里有痛切的叙述。

　　一九七二年二月,穆旦结束了在天津郊区大苏庄五七干校的劳改,回到南开大学图书馆继续接受监督劳动,每天比别人早上班半小时,"自愿"打扫厕所。

一九七一年底,穆旦和萧珊恢复了中断多年的联系。一九七二年七月十二日,萧珊已经是重病,还给穆旦写信,感慨万千:"我们真是分别得太久了。是啊,我的儿子已经有二十一岁了。少壮能几时!生老病死就是自然界的现象,对你我也不例外,所以你也不必抱怨时间。但是十七年真是一个大数字,我拿起笔,不知写些什么……"(陈伯良《穆旦传》,浙江人民出版社,二〇〇四年,一一二页)

二、"由于有人们的青春,便觉得充满生命和快乐"

一九三九年,萧珊考入已经迁至昆明的中山大学外文系,随后转入西南联大,先在外文系就读大约一年时间,后又改入历史系。这个时期的穆旦,已经是显示出卓越才华的联大学生诗人。一九四〇年,穆旦毕业后留在外文系做助教,一九四二年二月参加中国远征军,赴缅甸抗击日军。萧珊也在这一年暑假之后辍学离开昆明,到桂林文化生活出版社办事处协助巴金工作。

西南联大时期穆旦与萧珊初识和交往,此后的抗战岁月里各自颠沛流离,偶有短暂的聚会。因为萧珊,穆旦结识了巴金。

一九四八年二月，穆旦的诗集《旗》，列入巴金主编的"文学丛刊"第九集，由上海文化生活出版社出版。

一九四八年三月，穆旦的女友周与良从上海起程赴芝加哥大学攻读生物学博士学位，穆旦送行。逗留上海的一段时间，霞飞坊（后来的淮海坊）五十九号，巴金和萧珊的家，成了穆旦度过许多愉快时光的地方。多年之后，一九七三年十月，穆旦给萧珊的朋友杨苡写信，回忆起当时的情景：

> 回想起在上海李家的生活，我在一九四八年有一季是座中常客，那时是多么热闹呵。靳以和蕴珍，经常是互相逗笑，那时屋中很不讲究，厨房是进口，又黑又烟熏，进到客室也是够旧的，可是由于有人们的青春，便觉得充满生命和快乐。汪曾祺，黄裳，王道乾，都到那里去。每天下午好像成了一个沙龙。我还记得巷口卖馄饨，卖到夜晚十二点；下午还有卖油炸臭豆腐，我就曾买上楼，大家一吃。那时的情景还历历在目，可是人呢？想起来不禁惆怅。现在如果黄裳再写出这样一篇文章来，那就更觉亲切了。
>
> （《穆旦诗文集》第二卷，人民文学出版社，二〇〇六年，一四一页）

多年以后，黄裳悼念巴金，写出同样亲切的回忆："女主人萧珊好客，五十九号简直成了一处沙龙。文艺界的朋友络绎不断，在他家可以遇到五湖四海不同流派、不同地域的作家，作为小字辈，我认识了不少前辈作家。所谓'小字辈'，是指萧珊西南联大的一群同学，如穆旦、汪曾祺、刘北汜等。巴金工作忙，总躲在三楼卧室里译作，只在饭时才由萧珊叫他下来。我们当面都称他为'李先生'或'巴先生'，背后则叫他'老巴'。'小字辈'们有时请萧珊出去看电影，坐DD'S，靳以就说我们是萧珊的卫星。"〔黄裳《伤逝——怀念巴金老人》，《珠还记幸》（修订本），生活·读书·新知三联书店，二〇〇六年，四一二页〕

三、穆旦的翻译与平明出版社和萧珊：
"我们有一种共感，心的互通"

穆旦与萧珊的交往，最重要的时期是二十世纪五十年代。

一九五三年初，穆旦、周与良夫妇从美国学成归来，途经上海，巴金、萧珊在国际饭店宴请他们。巴金自一九四九年九月辞去文化生活出版社的社务后，又于十二月主持了一个小型的出版社，平明出版社，以出版世界文学的翻译作品为主，尤其是俄罗斯和苏联文学。巴金自己翻译的屠格涅夫、高尔基等人的作品，很快就由平明社出版了多种。

穆旦在芝加哥大学期间苦读俄语和俄罗斯文学，正准备翻译俄罗斯及苏联文学，与平明出版社的倾向不谋而合，自然受到了巴金、萧珊的热情鼓励。

穆旦翻译的黄金时代，迅速来临了。

一九五三年十二月，《文学概论》《怎样分析文学作品》出版；随后又在一九五四年二月出版了《文学发展过程》，一九五五年六月出版了《文学原理》。这四种文艺理论著作是苏联季摩菲耶夫所著《文学原理》的四部。

一九五四年四月，普希金的《波尔塔瓦》《青铜骑士》《高加索的俘虏》出版；十月，《欧根·奥涅金》出版；十二月，《普希金抒情诗集》出版；一九五五年十一月，《加甫利颂》出版。诗人穆旦销声匿迹了，隐形之后化身为诗歌翻译家查良铮；诗歌翻译家查良铮，最初出现的时候，带来的是流传广泛的普希金诗歌。

以上这些文艺理论著作和普希金作品，都是由平明出版社出版的。一九五五年十一月平明出版社还出版了穆旦翻译的《拜伦抒情诗选》，署名梁真。后来私营归并公营，成立上海新文艺出版社，又由上海新文艺出版社一九五七年出版了穆旦翻译的《波尔塔瓦》《欧根·奥涅金》《普希金抒情诗集》《普希金抒情诗二集》《拜伦抒情诗选》，一九五八年出版了《高加索的俘虏》《加甫利颂》《别林斯基论文学》。

那么,在穆旦的翻译活动和翻译作品的出版过程中,萧珊起到了什么作用?

首先要看看萧珊为平明这个小型的出版社所做的工作。事实上,萧珊是平明的义务编辑;而从萧珊和巴金这一时期的通信里,我们可以看到具体的情形。譬如一九五三年九月八日的这一封(《家书——巴金萧珊书信集》,浙江文艺出版社,一九九四年,一三三页),这个时候巴金第二次入朝鲜访问,萧珊告诉他:

> 我已开始为"平明"拉稿,王佐良有信来,他有意搞一点古典作品,我叫他先译狄更司的 Martin Chuzzlewit,姜桂侬也愿意为平明搞一点古典作品,杨周翰、王还夫妇有意 Swift,我就叫他们搞 Gulliver's Travels, Tale of a Tub 两书,你看如何?只是他们都很忙,都得明年交书了。他们说平明可以出"题目",来些整套什么,但题目主要得有人,光出题目,没有人来完成也是徒然,所以我还是让他们自己出题目。你的意思如何?我把平明的出版方针给他们谈过一下。我也叫王佐良拉稿了。
>
> ……
>
> 关于"平明",你有什么计划,也请告诉我。

萧珊向西南联大出身的王佐良、杨周翰等拉稿，再自然不过了；而王佐良、杨周翰又都是穆旦西南联大外文系的同学。对穆旦，萧珊就不仅仅是"拉稿"这样的关系了。

为了给穆旦翻译的作品配图，萧珊写信问巴金："我们普希金的好本子有没有？查良铮已译好一部，但没有插图。你能告诉我，我们的放在哪个书架吗？"(《家书》，一三七页）远在朝鲜的巴金仔细地回复说："普希金集插图本放在留声机改装的书柜内，盖子底下。"(《家书》，一四三页）为了保证翻译质量，萧珊还特意请卞之琳看稿，"我请他把查译的《波尔塔瓦》看了一遍，他觉得比得过一般译诗，那末就够了，我想再寄回去给查改一下"(《家书》，一四〇页）。

现在仅存两封穆旦致萧珊信，其中有翻译的讨论。穆旦信里说：

> 译诗，我或许把握多一点，但能否合乎理想，很难说。我的意思是：自己译完后，再重改抄一遍，然后拿给你先看，不行再交给我改。我对于诗的翻译，有些"偏执"，不愿编辑先生们加以修改。自然，我自己先得郑重其事：这一点我也已意会到。如果我不在这方面"显出本事"，那就完了。你说对我要"苛求"，正可以加重我原有的感觉。我在上信中已和你讨论译什么的问题。我有意把未来一本诗

（十月底可以交稿，因为已有一部分早译好的）叫做《波尔塔瓦及其他》，包括《波尔塔瓦》《青铜骑士》，和其他一两首后期作品，第二本叫做《高加索的囚徒》（也包含别的一些同时期的长诗在内），如果这样，便不先译《高加索的囚徒》这一首。你看怎样？如果名叫《普希金长诗集》分一，二两册，甚至三册四册（这名字单调些），那似乎要分年代顺序才合适，目前则不易办到。

这是一九五三年的一封信（《穆旦诗文集》第二卷，一三〇页），穆旦着手翻译普希金之初，从工作方式到翻译计划，都在与萧珊商量。

但更重要的，是两个老朋友的"共感，心的互通"。这既在译书和出版这样的事业之内，又在这之外，也可以说超乎其上。对于那个时期的穆旦来说，这种"共感，心的互通"的重要性，无论怎么估计都是不过分的。上引那封信的开头，穆旦这样写：

> 使我感动的是，你居然发牢骚说我的信太冷淡平淡了。可见我们很不错。你应该责备我。我为什么这么无味呢？我自己也在问自己。可是，我的好朋友，你知道不知道，现在唯一和我通信的人，在这世界上，只有你一个人。这样，你还觉得我太差吗？我觉得我们有一种共感，心的互

通。有些过去的朋友，好像在这条线上切断了。我们虽然表面上这条线也在若有若无，但是你别在意，在心里我却是觉到互通的。尤其是在我感到外界整个很寂寞的时候，但也许是因为我太受到寂寞，于是连对"朋友"，也竟仿佛那么枯索无味。也许是年纪大了，你的上一封信我看了自然心中有些感觉，但不说出也竟然可以，这自然不像年青人。你这么伤心一下，我觉得——请原谅我这么说——很高兴，因为这证明一些东西。现在我也让你知道，你是我心中最好的朋友。

（《穆旦诗文集》第二卷，一二九至一三〇页）

这样的老朋友，自然可以无话不谈。一九五四年的一封信里，穆旦就情绪十分低落地发牢骚道：

我这几天气闷是由于同学乱提意见，开会又要检讨个人主义，一礼拜要开三、四个下午的会。每到学期之末，反倒是特别难受的时候。过得很没有意思，心在想：人生如此，快快结束算了。

（同上，一三二页）

同信谈到平明出版社的前途，以及连在一起的自己的译书的前景，心情更是黯然：

> 你提到平明要归并到公营里去，也很出我的意外，因为我想也许可以经过公私合营的阶段，这自然不是一件很愉快的事，对你，对我。至少由于你的力量，我得到了不少的帮助和便利，一变为公营，这些就要全没有了，令人惋惜。对于巴先生和你来说，多少可以作为自己事业的依据是不是？但这既然是大势所趋，也只好任由它去了。……
>
> 关于《奥涅金》，有你和巴先生在为力，我心中又感谢，又不安。还是让事情自己走它的吧，如果非人力所可挽救，我是不会有什么抱怨的。希望你也抱着这种态度：不必希望太高，免得失望太多。
>
> （同上，一三二页）

下面的事，可能是穆旦不知道的。

一九五五年春天，杨苡从南京到上海来，靳以特意约她到家里谈话，除了说到"胡风分子"，又提到杨苡和萧珊共同的朋友和同学，谆谆嘱咐杨苡并让杨苡转告萧珊，以后注意点儿。杨苡和萧珊彻夜长谈，却引起争辩，"特别是为了一个我们共同的好友，一个绝顶聪明、勤奋用功的才从美国回来诚心诚意想为祖国做点贡献的诗人"，杨苡劝萧珊不要忙着为他出书，萧珊拒绝了。天快亮时两个人不欢而散。这还没完，送走杨苡后，萧珊立即去找靳以，指责他的多虑。（杨苡《淮海路淮海坊五十九号》，《文汇读书周报》二〇〇二年三月一日）

萧珊要不要为穆旦出书的问题，不久也就不再是问题。首先是平明没有了，自一九五六年起，穆旦译著就分散到其他出版社，他信里提到的萧珊"和巴先生在为力"的《欧根·奥涅金》，重新翻译的，一九五六年由上海文化生活出版社出版；与袁可嘉等人合译的《布莱克诗选》，一九五七年由人民文学出版社出版；一九五八年，他翻译的《济慈诗选》、雪莱诗集《云雀》《雪莱抒情诗选》由人民文学出版社出版。再接下来，不论是哪里都不可能出穆旦的译著了：一九五八年十二月，穆旦成为南开大学"反右"运动放出的"一颗卫星"，法院到校宣布查良铮是"历史反革命"，到学校图书馆实施监督劳动。

四、"终于使自己变成一个谜"

一九七二年十一月二十七日，穆旦致信杨苡：

> 去年年底，我曾向陈蕴珍写去第一封信，不料通信半年，以她的去世而告终……蕴珍是我们的朋友，她是一个

心地很好的人，她的去世给我留下不可弥补的损失。我想这种损失，对你说说，你是可以理解的。究竟每个人的终生好友是不多的，死一个，便少一个，终于使自己变成一个谜，没有人能了解你。我感到少了这样一个友人，便是死了自己一部分（拜伦语）；而且也少了许多生之乐趣，因为人活着总有许多新鲜感觉愿意向知已谈一谈，没有这种可谈之人，即生趣自然也减速。

（《穆旦诗文集》第二卷，一三九页）

一九五四年萧珊买过一部《拜伦全集》，她曾经在给巴金的信里还专门提过这本书，版本很好，有 T. Moore 等人的注解。她后来把这本书送给了穆旦。六十年代初，穆旦在极端恶劣的条件下开始偷偷翻译拜伦的《唐璜》，到一九六五年译完这部巨著。"文革"被抄家，这部译稿万幸没有被发现扔进火里。萧珊去世，穆旦为纪念亡友，埋头补译丢失的《唐璜》章节和注释，修改旧译。到一九七三年，《唐璜》全部整理、修改、注释完成，寄往人民文学出版社。一九八〇年，译者去世三年之后，这部译著终于出版。

穆旦去世的前一年，一九七六年六月，写了一首题为《友谊》的诗。他告诉同学和诗友杜运燮，诗的第二部分，"着重想到陈蕴珍"：

你永远关闭了,不管多珍贵的记忆
曾经留在你栩栩生动的册页中,
也不管生活这支笔正在写下去,
还有多少思想和感情突然被冰冻;

永远关闭了,我再也无法跨进一步
到这冰冷的石门后漫步和休憩,
去寻觅你温煦的阳光,会心的微笑,
不管我曾多年沟通这一片田园;

呵,永远关闭了,叹息也不能打开它,
我的心灵投资的银行已经关闭,
留下贫穷的我,面对严厉的岁月,
独自回顾那已丧失的财富和自己。

五、巴先生与穆旦译稿

一九七六年夏天,唐山大地震爆发,天津也受灾严重。巴金致信穆旦,同时也给穆旦的友人杜运燮等去信,打听穆旦的

情况。"我等着平安的消息。倘使方便,请写几句话来,让我放心。"(《巴金全集》第二十四卷,二四五页)

穆旦回信告诉巴金地震情况,他们在屋前搭了棚,晚间睡在棚内;又告诉巴金自己一月份骑车摔伤了右腿的股骨颈以至骨折,需用拐杖支撑才能走路。巴金回信,关心他的伤腿和翻译:

> 得信以前我一直不知道您摔伤的事。前几天杜运燮来信说您告诉他,您的腿要动大手术,而且手术后还得静养半年。我倒没有想到这样严重。希望您安心治病吧。运燮同志来信还说您已经做完了旧译普希金抒情诗五〇〇首的修改工作,这倒是一件可喜的事,"四人帮"垮台之后,普希金的诗有出版的希望了。我是这样相信的。
>
> (《巴金全集》第二十四卷,二四六页)

十一月二十八日,穆旦回复巴金谈伤腿和翻译:

> 我的腿是股骨颈骨折,开始是嵌插在一起,生长好,就不必动手术,可惜我耽误了,没有按照规定养,前一个多月照X光,看到又裂一缝,因为这一裂纹,便不能用力,所以现在用拐支撑走路,必须进医院开刀,钉钉子进去。

现在又因地震不断，医院不收，必须等地不震才行，今冬明春是天津地震期，过了这个时期，也许可以住院。如果那时还不行，我想移地治疗，也考虑去上海，那时再说了。现在不是卧床，而是在室内外和院内活动，只是变成用双拐的瘸子。

在腿折后，我因有大量空闲，把旧译普希金抒情诗加以修改整理，共弄出五百首，似较以前好一些，也去了些错，韵律更工整些，若是有希望出版，还想再修改其他长诗。经您这样一鼓励，我的劲头也增加了。因为普希金的诗我特别有感情，英国诗念了那么多，不如普希金迷人，越读越有味，虽然是明白易懂的几句话。还有普希金的传记，我也想译一本厚厚的。

(《穆旦诗文集》第二卷，一三七页)

转过年，一九七七年二月二十六日，准备伤腿手术的穆旦，突发心脏病去世。

巴金从巫宁坤信里得知消息，他回信说："您告诉我良铮逝世的消息，我觉得突然，也很难过。我只想到他的腿伤，听说他打算今年春天来上海，还以为不久可以见到他。蕴珍去世的时候，他还来信安慰我。我常常想将来见到他，要向他倾吐感激之情。没有想到连这样的机会也没有。"(《巴金全集》第二十

二卷，人民文学出版社，一九九三年，四七三页）

不久，巴金又致信巫宁坤，关心穆旦译稿："关于良铮译稿的事，我托人去问过北京的朋友，据说出版社可能接受，但出版期当在两三年后。我已对良铮在上海的友人讲过了。也介绍杜运燮同志去信打听过。今后我如有机会去北京，我一定到出版社去催问。目前没有别的办法。"（同上，四七四页）

在此期间巴金致信杜运燮，谈穆旦译稿事："他去年来信中讲起他这几年重译和校改了普希金、拜伦、雪莱的许多诗作，我知道他译诗是花了不少功夫的，我也希望它们能早日出版。我还相信将来这些译稿都会出版的，但是目前究竟怎样决定，我一时也打听不出来，不知道人文社管这一部分工作的人是谁，我也想找徐成时去问问。你说今年暑假打算去天津，帮助与良同志整理良铮的遗作，这是很好的事情。你说不认识出版界的人，我建议你必要时去信问问徐成时同志（他仍在新华社），他有朋友在人文社，我知道你过去和徐较熟。"（同上，四六八至四六九页）

关心穆旦译稿出版的巴金，他自己的问题"还没有彻底解决，只是有人来谈过，可以说是在动了"（同上，四六九页）。

二〇〇七年十二月三十一日

用最简单的语言写最单纯朴素的诗

二〇〇三年十二月八日《文汇报·笔会》有包立民先生文章,谈熊秉明《静夜思变调》。这首诗也是我所喜欢的,连同熊秉明《教中文》集中的小诗。

熊秉明喜欢小诗,李白的《静夜思》他称之为"不能再小的小诗"。什么是小诗呢?我猜测他的意思,应该是不仅篇幅短小,而且语言简单;不仅语言简单,而且诗质朴素。李白的《静夜思》是"少不了"的存在,一代又一代的小孩子开始说话不久就能背诵,这件事其实意义重大。《静夜思变调》十九首的序诗就说:

> 它在我们学母语的开始
> 在我们学步走向世界的开始
> 在所有的诗的开始
> 在童年预言未来成年的远行
> 在故乡预言未来远行人的归心

> 游子将通过童年预约的乡思
> 在月光里俯仰怅望

一个人和文化传统、和文学经典之间的紧密关系，已经包含在这样简单的事实里面了。这种关系是"开始"就在的，是不自觉的，就像在根本不懂得什么是乡愁的时候就已经"预言""预约"了乡愁。

也许就是因为在巴黎教初级中文的关系，熊秉明特别能够体会简单的字句、简单的语法的奇异魔力，他说这似乎回到和母亲牙牙学语的童年，"咀嚼到语言源起的美妙"。这是一句很重要的话，可以加深对小诗简单朴素性质的理解：简单朴素的性质，原来跟"语言的源起"联系在一起。

所以他说："我有意无意地尝试用最简单的语言写最单纯朴素的诗。我想做一个试验，就是观察一句平常的话语在怎样的情况下突然变成一句诗，就像一粒水珠如何在气温降到零度时突然化成一片六角的雪花。"

一个例子是《信》，只这么几行，几个字：

> 昨天母亲来信说
> 我好
> 你好吗

我给母亲回信

我好

您好吗

这是一九六八年前后,熊秉明的父亲挨斗,母亲搀扶着父亲去参加斗争大会。父母和儿子之间通信稀少,内容也缩短缩简,几近诗中的"公式"。"有一天夜里,我睡在床上,忽然这几句话凝成巨大的图形,像冰山,立在极地的地平线上,冻结在胸口,使我无法再静卧,于是披衣起来,把它们记在一张纸条上。""第二天,自己也怔住了,好像看见一片小小的雪花。"

在特殊的年代,"儿子所盼望知道的是母亲还活着,在世界的那一边。母亲所要知道的也就是儿子还活着,在世界的这一边。我能禀告母亲的是:我好,我还活着;母亲能安慰我的也是:她好,她还活着。其他的一切,生活的情趣、身边的苦乐、大小的欲愿……都没有意义,都是奢望,都成虚妄"。——"剩下的只有生死的相问。"

最简单的信息,正是最重大的信息。

《信》这首诗因为写在特殊的时代也就有了特殊的性质,上面的解释突出了这种时代的特殊性。不过,如果我们对这首诗的写作背景一无所知,单看字面,肯耐心咀嚼简单语言之美妙的话,仍然能够自己体会出言外之意来。这首小诗的巨大空白,既然作者能够放得进一个民族史无前例的时代,读者也就能够放得进其他的、他个人所体会的人间常情。

教中文要从简单的字词句教起,熊秉明的小诗就以这些为题材,甚至他给诗取的题目也是,如《写字》《背诗》《趋向补语》《连词》《语气助词》等。有一首题为《的》:

> 翻出来一件
>
> 隔着冬雾的
>
> 隔着雪原的
>
> 隔着山隔着海的
>
> 隔着十万里路的
>
> 别离了四分之一世纪的
>
> 母亲亲手
>
> 为孩子织的
>
> 沾着箱底的樟脑香
>
> 的
>
> 旧毛衣

这是因讲"的"字的用法而写出来的吧。这首诗讲的是隔离与连接,隔着巨大的空间和漫长的时间,可是一个又一个"的"像一个又一个挂钩,把隔离着的连接起来了。整首诗就是一个长句子,这个长句子靠"的"字一节一节、一层意思一层意思地连接下去,最后连接上的是"旧毛衣",感情一下子就漫过了千山万水和茫茫的时间。

《黑板、粉笔、中国人》写的是日常的教书生活:

> 十年以前我站在黑板旁边
> 说了一遍又一遍
> "这是黑板
> 这是粉笔
> 我是中国人"
> 九年以前我站在黑板旁边
> 说了一遍又一遍
> "这是黑板
> 这是粉笔
> 我是中国人"
> 八年以前
> 七年以前
> ……
> 三年以前
> ……
> 昨天我站在黑板旁边

说了一遍又一遍

"这是黑板

这是粉笔

我是中国人"

我究竟还有多少中国人呢

我似乎一天一天地更不像中国人了

我似乎一天一天地更像中国人了

但有一件事是我确实知道的那是

我的头发一天一天

从黑板的颜色

变成粉笔的颜色

而且像粉笔一样渐渐

短了　断了

短成可笑的模样

请你告诉我

我究竟一天一天更像中国人呢

一天一天更不像中国人呢

"这是黑板

这是粉笔

我是中国人"

这样消耗着生命,竟然引起别人的不忍心。有一天一个学生很同情地问:"您这么教着,不厌烦了吗?"

"'不,——'我安慰她。"

"我安慰她"——"我"安慰那个同情"我"的人。这句话真好。

熊秉明说,似乎是为了证明"这是黑板,这是粉笔"也是美的,大有含意的,是文,是诗,他有意无意间写成了《教中文》这样的小诗集。

一句平常的话变成一句诗,一粒水珠结成一片雪花,还有,几粒小沙滚成珍珠,这究竟是怎么发生的呢?有一首《珍珠》:

> 我每天说中国话
> 每天说:
> 　这是黑板
> 　那是窗户
> 　这是书
> 如果舌头是唱片
> 大概螺纹早已磨平了
> 如果这几句话是几粒小沙
> 大概已经滚成珍珠了

我揣摩熊秉明朴素的小诗已经好几年了。简单的语言、文字，有什么奇异的魔力呢？我忽然感觉，我们其实不识字。我们中国人，念了很多书的中国人，其实对我们自己的语言、文字没有感情，没有感受到我们自己的语言、文字的魅力。我站在大学的讲台上，想着我们的教育，看着眼前的学生，听到自己说出来的字、词、句子，有时会突然沮丧起来。

二〇〇三年十二月八日

一个年轻艺术家的学习时代

一

一九九三年,"罗丹艺术大展"先后在北京、上海举办,接连几个月,展览场地里外,人潮涌动。当年的参观者,如今回想起来,或许不仅能浮现出彼时盛况,也还会依稀忆起不平静的心绪吧?不过,有谁还记得这样一个细节吗:入口处检票的地方,出售一本书,开本不大,页码不多,书名叫《关于罗丹——日记择抄》,生活·读书·新知三联书店出版,定价九块八。出版社印行这本书,和这次大展有什么关系?当时和现在,我都不甚清楚;实际情况是,这本书被不少人当成了罗丹艺术的地图、说明书、导读。这也真值得庆幸,有这么好的导引。

这本书最早是台湾地区雄狮美术出版社一九八三年出版的,大陆在三联之后又出过几个版本,我常常翻阅的是文汇出版社一九九九年《熊秉明文集》里的本子。文集共四卷,《关于罗丹》是第一卷,其他三卷是《展览会的观念》《书法与中国文化》《诗与诗论》。

再读《关于罗丹》,看的就不是罗丹如何,而是看这个看罗丹的人,一个年轻的艺术学徒,他的精神世界。

熊秉明(一九二二—二〇〇二)是数学家熊庆来(一八九三—一九六九)的儿子。熊庆来,现代中国第一代科学家,留学法国八年后,一九二一年回国,南京东南大学创办算学系,他是教授和系主任。一九二六年清华改办大学,创设大算学系,他被聘为教授兼系主任,举家迁往北京。据说全国第一次数学名词审查会,大概是一九二三年,讨论"函数""积分"等基本译名,是在杭州西湖雇的一条船上进行的——那一代的中国数学家,那些拓荒者,西湖一条小船就可以载得起。

熊秉明出生在南京,到清华园时差不多是上学的年龄。将近二十年前我读浦江清的清华园日记,曾摘录下一九二九年二月二十一日说及熊秉明的一条:"熊之二公子秉明,自南方来,携来其本乡拓本数十分赠戚友。熊公子方七岁,而言语活泼,且能作铅笔画,聪慧非常。"〔《清华园日记 西行日记》(增补本),生活·读书·新知三联书店,一九九九年,三十四至三十五页〕"本乡",云南;熊秉明父亲的出生地,是云南弥勒县息宰村,一个有甘蔗田和玉米田的偏远地方。九岁到十一岁期间,熊秉明随父亲在法国生活,父亲写博士论文,他到学校念书。

一九三七年，熊庆来为服务桑梓，出任云南大学校长，全家又迁往昆明。一九四四年，熊秉明毕业于西南联大哲学系。

一九四七年，熊秉明考取公费留法，在巴黎大学读了一年哲学，之后转习雕刻。《关于罗丹》是从一九四七年到一九五一年的日记中抄出的与学习雕刻有关的部分，作者打算做这个择抄时曾想："至少这是一个中国艺术学生四十年代、五十年代在欧洲学习经过的记录，关心这时代海外中国知识分子精神面貌的人总会发生兴趣的。"最后誊清时，"觉得似乎在试写自传的一章"（《关于罗丹》前言，三页。本文所引熊秉明的文章片段，除特别注明外，皆据此书）。

二

一九四七年十一月二十八日，因为借给费小姐的书被弄丢了，回忆起这本书——里尔克的《罗丹》——曾经陪伴的岁月，那是在中国，在抗战的军中：

> 一九四三年被征调做翻译官，一直在滇南边境上。军中生活相当枯索，周遭只见丛山峡谷，掩覆着密密厚厚的原始森林，觉得离文化遥远极了。有一天丕焯从昆明给我

寄来了这本小书：梁宗岱译的里尔克的《罗丹》。那兴奋喜悦真是难以形容。大学二年级的时候曾读到里尔克的《给一个青年诗人的信》，冯至译，受到很大的启发，好像忽然睁开了新的眼睛来看世界。这回见到里尔克的名字，又见到罗丹的名字，还没有翻开，便已经十分激动了，像触了电似的。书很小很薄，纸是当年物资缺乏下所用的一种粗糙而发黄的土纸，印刷很差，字迹模糊不清，有时简直得猜着读，但是文字与内容使人猛然记起还有一个精神世界的存在，还有一个可以期待、可以向往的天地的存在。这之后，辗转调动于军部、师部、团部工作的时候，一直珍藏在箱箧里，近乎一个护符，好像有了它在，我的生命也就有了安全。

我现在能够徘徊在罗丹的雕像之间了，但是那一本讲述罗丹作品的印得寒伧可怜的小书——白天操练战术，演习震耳的迫击炮，晚上在昏暗的颤抖着的蜡烛光下读的小书——竟不能忘怀。（八页）

熊秉明揣摩罗丹作品，从中不断获得提示，这提示不仅是雕刻上，也是生活上的，时间久了，"他的作品混入我思想感情的曲折发展"（《前言》，三页），再要分离出来就不容易了。但在他的学习时代，我们还是可以看到清晰的痕迹，看到那是些什么样的"提示","混入"了个人的生命和艺术中。

一九四八年八月五日,他记下了这样一个问题:"这是很奇怪的:罗丹在雕刻发展史上起了革新的作用,为现代雕刻开辟了道路,但是他的风格却是很古典的,和他同时代的绘画比起来,便显得古老。这是为什么呢?"譬如与罗丹同时代的莫内、塞尚,都很"现代"。"罗丹曾和莫内联合举行过展览,我想是不甚调和的。"熊秉明探究罗丹雕刻显得古典的原因,谈到其中重要的一点:"他追求表现人生,而多传统沉郁的意境。里尔克说'这是一个老人'(《罗丹》)。当然在里尔克看到罗丹的时候,罗丹的确已经是个老人,但这句话不止是这意思。罗丹在年轻的时候,制作《青铜时代》《影》《行走的人》的时候,他已经聚集了欧洲多少世纪的思想、情感、梦幻,他的灵魂已经有了重负,他似乎有了菲底亚斯、米开朗基罗、但丁、林布兰的年龄的总和,已经是个'老人'了。"紧接着,他又写了一句:

现代风的雕刻家似乎要把这些都忘掉。(四十九页)

岂止是现代风的雕刻家,现代艺术的哪个门类,不都曾出现过要把过去都忘掉的潮流?文学创作上,也是如此。谁要做一个"老人"?谁不想做一个"原创"的"新人"?

然而，正是罗丹这样的聚集了他之前多少年代的思想、情感、梦幻的"老人"，才使得雕刻的传统另创新境，启示将来："他把雕刻揉成诗，为未来的雕刻家预备了自由表现的三维语言；他把《行走的人》省略了头，削减了双臂，这是后起的现代艺术家大胆扭曲人体，重塑人体，以及放弃人体的第一步。"（《后记》，一七六页）

《行走的人》给熊秉明的震撼是持久的，"残破的躯体，然而每一局部都是壮实的、金属性的，肌肉在拉紧、鼓张，绝无屈服与妥协"。这个作品以其悲壮和浩瀚，可以看作是贝多芬第五交响曲的雕像，熊秉明甚至想到"天行健"（一九五一年二月十日日记，一五三页）。

罗丹的人体雕刻，还有《夏娃》，是熊秉明到美术馆常常看的，给他的震动也很大。一九四九年一月二十一日日记，从朱自清的散文《女人》说起，谈到中国人的女人观念。朱自清文章赞美"处女"是"自然手里创造的艺术"，而"少妇，中年妇人，那些老太太们，为她们的年岁所侵蚀，已上了凋零与枯竭的路途"。熊秉明认为，这种把"女人"的定义和"青春""鲜美"的观念混淆起来的中国人的意识，在传统仕女画里表现得很充分。"工笔美人都一个类型，一个年纪。朱自清所说的'自然手里的艺术品'的'处女'，林妹妹型的，姣好的蛋儿脸，脸上决无一丝生活的纹路。这样的花容当然不可能连接着实实在在的身躯。"中国仕女画里的人物，只有衣服，衣服下面没有人体。"有这样的一种'无体'的女人观，如何欣赏西方裸体呢?"

《夏娃》则大大不同，"罗丹的《夏娃》，不但不是处女，而且不是少妇，身体不再丰圆，肌肉组织开始松弛，皮层组织开始老化，脂肪开始沉积，然而生命的倔强斗争展开悲壮的场面。在人的肉体上，看见明丽灿烂，看见广阔无穷，也看见苦涩惨淡，苍茫沉郁，看见生，也看见死，读出肉体的历史与神话，照见生命的底蕴和意义"（七十二页）。

在此之前，一九四八年十二月十七日的日记里，熊秉明写道："为什么爱一个多苦难近于厚实憨肥的躯体呢？罗丹的夏娃决不优美，有的人看来，或者已经老丑，背部大块的肌肉蜿蜒如蟒蛇，如老树根，我爱她的成熟，像爱一个母亲，更像爱一个有孕的妻子：多丰满厚实的母体，我愿在这个世间和她一同生活并且受苦。"（六十九页）

三

艺术上的感悟，不只是来自于艺术作品，更需要切身的生命经验的启迪，哪怕只是对于人体的认识。一九四九年十月十九日日记显然隐含着重要的个人经验。"拿出抽屉里的一叠明信片，忽然眼光落在罗丹的一幅《爱神和赛姬》上。那是一对卧着的赤裸男女拥抱的组像。我骤然像触了电似的懂得罗丹在这里所要表现的了。罗丹塑造过许多这样一对一对男体和女体相纠缠的小像，我以前竟然简直没有看见他们，看到时也完全漠然，全不懂得他们的意义。现在才发现这是人的肉体相吸引，相接触，相需要，相祈慕，相占有的种种相。他们在拥抱与媾和中灼烧、振荡、酣醉、绾纽成多样诡奇的难解的结。我怎么一直盲了眼睛看不见呢？"

若不是她，我不知道什么时候才会发现罗丹的这些组像？

这些组像好像给我和她的相遇以意义，以生命的滋味，以美的形式。……我同时也惊异地发现自己的躯体的存在，自己的广阔和沉重。

我惊骇地想：赞美裸体，能不同时赞美肉体的最基本诱惑吗？我同时也惊骇地想：没有这样的对于肉体的神秘经验，也能做雕塑吗？

在《爱神和赛姬》画片的背面写了一行字，"你所使我发现的宇宙"，寄出去。（九十一页）

这种肉体经验所带来的"惊异""惊骇"的"骤然"的"发

现"，让人想起比熊秉明早几年从西南联大毕业的穆旦在一九四七年所写的《发现》：

> 在你走过和我们相爱以前，
> 我不过是水，和水一样无形的沙粒，
> 你拥抱我才突然凝结成肉体：
> 流着春天的浆液或擦过冬天的冰霜，
> 这新奇而紧密的时间和空间；

同一时期，穆旦又写《我歌颂肉体》，说的是：

> 我歌颂肉体：因为它是岩石
> 在我们的不肯定中肯定的岛屿。

而对于一个学习雕刻的青年艺术家来说，人体更直接就是艺术的形式。

邓肯在自传里写过和罗丹的相遇：她给他解释她对新舞蹈的理论，可是很快就察觉他并不在听，而是出神地注视着她，进而上前捏她的身体。"这时我的愿望就是把我的整个存在都交给他，如果不是荒谬的教育使我退后，披起衣裳，让他吃惊，我一定会带着欢喜真地做了。怎样的可惜啊！多少次我后悔这幼稚的无知使我失去一个机会把我的童贞献给潘神的化身——有力的罗丹！艺术和生命必定会因而丰富。"熊秉明在一九四九年十月二十四日的日记里抄了这段话，并且设想：如果蔡元培读到这一段，必定大惊失色。"蔡元培所说的'净化'是有的，但'净化'之后，生命并不变成无生命，情欲并不化为无欲。朱光潜曾谈'距离'，'距离'也是有的，但现实生活与艺术并非两相隔绝，全不相干。"（九十六页）

四

新中国成立前后，海外的年轻知识分子，面临着一个重大的选择。一九四九年十月三日，熊秉明到里昂车站送行，"寿观、道乾、文清三人启程同路东返"，"带着奉献的心，热烈的大希望"。"我呢，目前最重要的是自己的充实，我的心情应当静下来。过几天就要开始下学年的工作，还想到纪蒙那里再做一段时期。"（八十九页）

实际上却是心情很难静下来。一九五〇年二月二十六日日记："昨晚在大学城和冠中、熙民谈了一整夜。谈艺术创作和回国的问题，这无疑是我们目前最紧要的问题了。""当然我们也谈到离开本土能不能创作的问题。"

他们比我的归心切，我很懂得他们，何况他们都有了家室。我自己也感到学习该告一段落了。从纪蒙那里可学到的，我想已经得到，在穰尼俄那里本没有什么可学。查德金和我很远，摩尔也很远，甚至罗丹，在我也非里尔克所说的"是一切"……我将走自己的路去。我想起昆明凤翥街茶店里的马锅头的紫铜色面孔来；我想起母亲的面孔；那土地上各种各样的面孔，……那是属于我的造型世界的。我将带着怎样的恐惧和欢喜去面临他们！

分手的时候，已经早上七点钟。天仍昏暗，但已经有浅蓝的微光渗透在飞着雪霰的空际。地上坚硬的残雪吱吱地响。风很冷，很不友善地窜进雨衣里。在街上跑步，增加体温，乘地道车回来，一进屋子便拉上窗帘，倒头睡去。精神倦极，醒时已正午。

（一三二至一三三页）

回去的和留下的，各有自己的道路和命运，不过这要等到很多年之后才看得清楚。

刘文清，初到巴黎时，以为画苹果、画山、画土庙、画自己的妻子便能满足自己，也满足别人，因而艺术创作是幸福的；"文革"期间受到冲击，精神失常，自说画家浪费纸张有罪，每天到街上拣马粪预备造纸，屋子的一角堆满用大衣口袋装回来的原料，屋里的气味和马厩一样。"一九七九年我在昆明看到他，精神大致复原，他还清楚记得当时的情形，说是曾经买了若干造纸的书籍，认真地读过。"（二十六页）

王道乾，喜欢蓝波，写现代诗，与熊秉明同船到法国；时代转折之际他自己也跟着发生了一个大转折，与朋友激烈地论辩，"生活根本不需要艺术"；"我希望我做一个查票员甚于希望做一个'我'"；"我宣布：我之舍弃艺术完全是我成功的表示"。他是带着这样坚决地要从诗人气质中蜕化出来的思想回国的。一九八五年，熊秉明到上海，两个彼时的年轻朋友隔绝多年之后相见："我很记得在一间客厅里等他时的迫切心情。然而我们一见面，似乎一切都敷上一层霜。他的面孔上浮起吃力的笑，仍是那一种吃力而并不爽朗的笑，但是终究有了不同。过去的笑是从心灵深处绽现的，遥远而神秘。而那一天我看见的笑疲倦而冷漠。我们就以这冷漠的基调出发说了些无关紧要的客套话，自己也感到别扭。第二天我离开上海，我想我们成为陌生人了。"一九九三年，王道乾去世，熊秉明从王道乾爱人寄来的几篇纪念文字中，发现了冲破"陌生人"感受的信息：晚年王道乾翻译蓝波《地狱一季》，重拾几十年前的旧梦。"道乾又回到蓝波，我怎能不激动？道乾又寻回他曾坚决要抹杀而遗弃的自我！我怎能不俯仰叹息？我好像又看见他青年时代的神态、目光、声调。虽然是译别人的作品,却渗进自己心灵的声音。《地狱一季》!我分明看见诗人的灵魂在灰烬中又跳起天鹅最后的舞。"(《我所认识的王道乾》,《诗与诗论》,一六七至一七〇页)

回到当年熊秉明留下来的选择。留下来之后,艺术道路怎么走,又是重要的问题。此时的熊秉明越来越清晰地意识到了那"属于我的造型世界",这不仅仅是艺术的选择,还是文化的选择,精神的选择,根本上,这是血液的选择。当这样的意识逐渐明确起来的时候,学徒的时代就将结束了。

这本以罗丹艺术为中心的日记,快到结尾的时候,有一处大篇幅地谈论梁代墓兽,看起来有些突兀,其实却是精神和艺术的探求已经走到了这个地方,理所必然。

一九五一年三月十六日,"和贝去周麟家,看到瑞典中国美术史家Siren的《中国雕刻史》,书中的汉代石兽和梁代石狮给我以极大的震动和启发"。沉重庞然的梁代石狮,张开大口向天。"这里储蓄着元气淋漓的生命力,同时又凝聚一个对存在疑惑不安的发问。那时代的宇宙观、恐惧、信仰、怅惘……都从这张大的口中吐出。生存的基本的呼喊,无边的无穷极的呼唤!"一千五百年之后,这狮吼还使我们欢喜、凄怆、憔悴、战栗。"在中国雕刻史上,这'天问'式的狂歌实在是奇异的一帜。这里不温柔敦厚,不虚寂淡泊,没有低眉的大慈大悲,也没有恐吓信男善女的怒目,这透彻的叫喊是一种抗议,顽强而不安,健康而悲切,是原始的哲学与神话。"

  我想到罗丹的《浪子》,那一个跪着,直举双臂,仰天求祈的年轻的细瘦的男躯,那也是"天问"式的呼诉。但无疑,我更倾心于南朝陵墓的守护者,也许我属于那一片土地,从那一片土地涌现出来的呼唤的巨影更令我感到惊心动魄。

熊秉明回忆起一九四七年出国之前,在南京和父亲去看夭折的弟弟的坟墓,经过战乱流离,沧桑隔世之感尤为强烈。一片荒野穷村,满目凄凉。村旁立着一个类似于梁代石狮的巨大的石兽。"在怅惘恻恻的情绪中,这无声的长啸就仿佛在我自己的喉管里、血液里、心房里、肺腑丹田里。我是这石狮子,凝固而化石在苍茫的天地之间。这长啸是一个问题,这问题没有答案。"

这天晚上,熊秉明给朋友写信,其中说:"你说艺术上的国际主义,我不完全否认。诚然,在埃及希腊雕刻之前,在罗丹、布尔代勒之前,我们不能不感动,但是见了汉代的石牛石马、北魏的佛、南朝的墓狮,我觉得灵魂受到另一种激荡,我的根究竟还在中国,那是我的故乡。"(一五九至一六一页)

五

二〇〇二年，熊秉明因脑溢血去世。文汇出版社二〇〇五年印行《对人性和智慧的怀念——纪念熊秉明先生》，我在上海，可是并不知道有这么一册纪念集；直到二〇一二年，熊夫人陆丙安托人从巴黎带了一本给我，也许是因为里面收了一篇我谈熊秉明"小诗"的短文。

纪念集篇首是熊秉明的《自己的话》，作于一九九九年，应该是为"远行与回归"巡回展而写，这个包括雕刻、绘画、书法的艺术展，先后在北京、上海、昆明、台北、高雄展出。《自己的话》简约回顾生命历程，于关键处有切要的阐明。

他说当年改学雕刻，一个原因，是和七八个同学去访问巴黎美术学院的纪蒙（Gimond），看到他收藏的各种石雕头像，猛然感受到棒喝的震撼。回过头来读《关于罗丹》中一九四八年一月三十一日记叙此次访问的情形，更能体会在这种关节口上的感受与重大决定之间的关联，他当时写道："在一个真的艺术家的面前，非艺术家多少显得单薄、飘忽、胆小而幼稚……"（十六页）

他说他必须在老同学顾寿观到巴黎之前做好决定，因为知道,好友到后讨论此事,一定会有彻夜达旦的辩论,而难有结果。这一点,似乎无关紧要,其实正显示性格和认识。后来,他们之间为是否回国辩论,果然没有结果,各走自己选的路。《自己的话》顺带提了这么一笔,没有多做说明,但显然他在做决定的时候,有意避开"语言的纠纷"。这里不妨稍微说开一点,"语言的纠纷"是借用维特根斯坦的说法,在后来写的一篇纪念父亲的文章中,他强调了一种浑噩的、基本的、难于命名的生命力量,对于这种力量来说,诸如理性与信仰的冲突,传统与革命的对立,中西文化的矛盾,玄学与反玄学的论战,都是"语言的纠纷"。"生命的真实在这一切之上,或者之下,平实而诚笃,刚健而从容,谦逊而磅礴地进行。"(《忆父亲》,《诗与诗论》,一二八页)

他进入纪蒙教室,之后又进入纪念碑雕塑室。当他感到自己在一个死胡同里找不到出路,苦闷得想要呐喊的时候,做了一只铁焊的《嚎叫的狼》,他开始成为焊铁雕刻家。当时出现了一代焊铁雕刻家,从材料上来讲,战后铜价昂贵,而废铁便宜易得;隐性的原因或许在于:"我们是从战争中活过来的年轻雕刻家,所以对于焊火和废铁有一种特殊感情。"这种特殊的感受性作用于艺术形式,"从石膏人像转为铁片焊接结构在我的创作历程上是一重要的转变"(《对人性和智慧的怀念》,二页)。

他逐渐觉察不适于做一个职业艺术家,于是到大学教中文,而且一教三十年,他没有料到职业把他诱引到文字的领域,试验用简单的初级汉语写成《教中文》诗集,用丰富而明晰的语言写复杂的现代诗论,写《看蒙娜丽莎看》这样的文章。

他开了一门书法课,多年后撰写别具建树性的《中国书法理论体系》,吴冠中说此著作该得诺贝尔奖;他的博士论文,以《张旭与狂草》为题;他讲书法和中国文化,大胆地断言"书法是中国文化核心的核心";退休前后几年,竟然不辞烦劳到北京办了三次老年书法班,他试图让更多人明白,老年的写字乃是一种哲学的实践,在生命的最后阶段,应该从容、自在、平静地写自己可以认同的字,在书写中得到人书吻合的喜悦,亲切地感到创造与存在的微妙一致,"人书俱老"也包涵着"生生之机"。

他的工作不专一,雕刻、画画、写字、写文章、教书;他的心思游移在观念和造型之间,哲学与艺术之间。

《自己的话》最后两段:

> 我好像在做一个试验。我是一粒中国文化的种子,落在西方的土地上,生了根、冒了芽,但是我不知道会开出什么样的花,红的、紫的、灰的?结出什么样的果,甜的、酸的、涩得像生柿子的?我完全不能预料。这是一个把自己的生命做试验品的试验。……我无骄傲,也不自卑,试

验的结果就是这个样子。

用生命做试验品的试验有成功与失败吗？近代爱尔兰作家贝克特（Beckett）说："成功，对我毫无兴趣；我有兴趣的，是失败。"这句话反映出一些现代艺术家的创作心理，但我不喜欢说得那么极端。我更愿引庄子的说："是非之彰也，道之所以亏也。道之所以亏，爱之所以成。果有成与亏乎哉？果且无成与亏乎哉？"生命的意义还在失败与成功之外。

（《对人性和智慧的怀念》，六页）

二〇〇九年四月以此题写过短文，八年后补充重写，仍未尽意。

二〇一七年三月十九日

路翎晚年的"心脏"

马的心脏有红色的火焰与白色的闪光外溢,

它自己看见。

(《马》)

我的心脏是,

穿着多层火焰衣服的,内核是极强的火焰的、血液盈满的心脏。

(《旅行者》)

一

路翎(一九二三——一九九四)晚年的创作,孤独地持续了十多年的时间,贯穿了整个八十年代以至九十年代初,而在这一时间段落,"新时期文学"正成为时代文化和社会生活表述的强音,热点频繁转换,思路和格局不断调整,真可谓是意气风发、挥斥方遒的时候。在这样的时候,有几个人会关注到路翎的创作?即使关注到了,又有几个人会不感到巨大的失望和伤痛?因而,路翎的创作不被纳入到"新时期文学"的整体构成中,几乎是必然的了。也就是说,对于自觉着本身的构成已经足够丰富的"新时期文学"——或更平实地称之为当代文学——来说,路翎的创作,不管是已经发表的少数篇章,还是大量未能发表的作品,都是完全可以忽略不计的。

《路翎晚年作品集》(张业松、徐朗编,"二十世纪文学备忘录丛书"的一种,东方出版中心,一九九八年。本文所引路翎作品,皆据此书)的编成和出版,似乎在有意识地反抗着时代的文学意识、文学潮流、文学史叙述的冷漠、残酷、偏见和盲视,编者特别提醒道:这些作品揭开的,"是一个从未向外界充分'敞开'、近乎置身于'黑洞'之中的晚年路翎的人生、精神和文学形象"。"由于种种原因的共同作用,晚年路翎是在一种几乎将自己彻底与外界(包括家人和难友)隔绝开来的状况下从事其与时间竞赛、与自我搏战的创作活动的,也许只有这样,他才能够保证在写作过程中将其自我向自己的内宇宙彻底敞开,重温往日的追风逐电、狂飙激荡的激情体验,逼迫自己保持高昂的写作热情。此种大约只能为路翎一人独有的特定情境下的特定写作方式所导致的一个直接结果,便只能是使得所有'他者'都唯有通过阅读其作品才能对'晚年路翎'的真实生命状态获得真切的了解,而且,依据我们在前后历时将近一年的本书原始材料清理过程中所获得的'约翰牛'式的阅读经验,这种对'晚年路翎'以及由此而通盘照亮的二十世纪中国文学史上的路翎的阅读还必须是仔细而全面的,否则就恐终不免为他的某些外在形象或浅表形象所迷惑,以致随他历经身心两方面的重创之下在所难免的创伤遗痕而左右摇摆,也陷身于某种价值歧义之中不能自拔。"(张业松:《编集说明》,《路翎晚年作品集》,七页)

也许我们还可以把话说得更明白一点。在大部分关于晚年路翎的叙述中,已经形成了某种定见和共识,典型的表述如冀汸的"一生两世"说:"一九五五年那场'非人化的灾难',将你一个人变成了一生两世:第一个路翎虽然只活了三十二岁(一九二三——一九五五),却有十五年的艺术生命,是一位挺拔英俊才华超群的作家;第二个路翎尽管活了三十九岁(一九五五——一九九四),但艺术生命已销磨殆尽,几近于零,是一位衰弱苍老神情恍惚的精神分裂患者。"(《哀路翎》,《新文学史料》一九九五年第一期)而钱理群更从这"感到了真正的恐怖"的"事实"中概括出"精神界战士的大悲剧":路翎以残病之躯写下的大多数作品不能发表,"不仅是因为艺术质量的急剧下降,而且整个写作都仍然纳入在'文化大革命'时期'四人帮'钦定的标准模式之中!这就是说,当路翎伏案写作时,他就回到了那个'时代'……但他又似乎在反抗着这一切。于是,在按照既定模式写作的工整的文字旁,又出现了粗笔触的'混蛋'之类的骂语,到了最后时期他的写作已经陷入了狂乱之中。这样,晚年写作的路翎,实际上只剩下了生命的躯壳,或者说,写作着的,仅是那个被彻底'改造'了的'非我化'了的路翎,被'迫害'的半疯狂的路翎。那个'才华盖世'的,在思想、艺术天地里自由驰骋的,独一无二的小说家、精神界战士的路翎,哪里去了?他已经永远的消失,已经'死'了!……这'精神的死亡'对于一个'精神界战士'是格外残酷的,而'精神界战士'的被'强迫改造',而且改造得如此'彻底',如此'成功',这样的'大悲剧'则更让人悚然而思。"(《精神界战士的大悲剧》,《读书》一九九六年第八期)

这样的叙述基本上遵循的是"时代灾难——对个人精神的摧毁——个人创作才能的完结"的理路,进而唤起和达到对于"时代灾难"的集体性痛恨、深刻的反省和强有力的批判。这种叙述模式的形成有着极大的现实合理性和广泛的心理基础,它所能够探及的深度和产生的批判力度也很难为别的方式更为有效地替代。可是,当叙述模式的力量过于强大,超过了事实给出的可能性限度,或者当叙述醉心于模式的力量和模式急欲达到的目的,而疏忽于对事实的耐心考索和诚心尊重的时候,问题就可能产生了。其实不难发现,这种叙述模式的情节性很强,一般总是环环相扣，因果关系简洁明了，而且包含着戏剧化的倾向。因为这种倾向，所以它能够听到一个充满诱惑的声音：个人所遭受的摧残越彻底，个人的情形越不堪，对于"时代灾难"的批判就越深刻、越强烈。天才作家路翎竟然被彻底摧毁了！——这是一个多么"合理"、又是多么"惊人"的"事件"啊。可是，充满诱惑的声音同时也藏匿着巨大的危险：为了"时代灾难"的充分展示和表现，个人的全部复杂性就得割舍掉一部分甚至全部割舍掉吗？说到这里，也许就触及到了上述叙述模式必须面对的一个根本问题：在这种模式中，是什么居于叙述的中心？是达成对于"时代"的反省和批判吗？那么"时代"的受难者——具体个人——的位置何在？如果看起来深刻的反省和有力的批判，不能落实到对于反省和批判过程中出现的个人的全部复杂性的尽力恢复和诚心尊重上，这种反省和批判极有可能是虚妄的。

也许我有点儿言重了，可是读着路翎晚年的作品，特别是他那一首首的长诗和短诗，我由衷地感受到了精神透过重重迷障散发出来的动人光辉。人是经不起摧残的，可是人也绝不就是轻易能够彻底摧毁的——特别是这个人，路翎，"一个对生命的'原始强力'和生命意志的不甘屈服有着常人罕及的深切了解，在其文学活动中久已习惯于使其生命能量在巨大的压力之下作出更为猛烈的释放的激情型作家，这样的作家所具有的生命自我救治能力和创造潜力差不多是与生俱来、与身俱在的"（张业松：《编集说明》，《路翎晚年作品集》，六页），所以在上引钱理群的一段话中，我特别注意到"但他又似乎在反抗着这一切"这一句——它透露出路翎内心世界的一点儿信息，而路翎内心世界的信息，应该是更为丰富的。我绝对无意以路翎的未毁来削弱对于"时代灾难"残酷性的认识和记忆，我也绝对无意看轻路翎身心所遭受的巨大创伤，诚如钱理群在同一篇文章中所说："一切对历史'血腥气'的消解，都应该受到诅咒，而且是鲁迅所说的'最黑最黑的诅咒'：他们正是'强迫忘却'的权势者的帮忙与帮凶。"但我有意以路翎承受了异常残酷、血腥的遭遇和身心的巨大创痛而未毁，来证明穿透黑暗时代的人性光辉。

二

路翎于一九五五年五月十六日《关于胡风反党集团的第一批材料》公布后的第三天被隔离审查，入狱羁押了十八年，直至一九七三年才被宣判二十年徒刑（从一九五五年算起）。这种"不告诉时间的囚禁"对路翎所造成的精神上的压力相当巨大，中间曾有一段时间被移往精神病院接受治疗和"保外就医"。一九七五年六月刑满释放后，在北京做了四年半扫地工，直至一九七九年十一月为其平反；一九八〇年十一月他的另一项"反革命罪"即胡风集团案初步平反。

从一九七八年起，路翎过去的朋友们，如牛汉、曾卓、绿原、贾植芳、冀汸、罗飞等，差不多都是怀着劫后重逢的不平静心情来看望过他，可是几乎无一例外地惊异于路翎的冷漠，迟钝，寡言少语，没有交谈的欲望。他甚至跟家人都极少说话。友人和亲人都对他的生活和精神忧心忡忡，特别是对他能否恢复创作能力耿耿于怀——路翎可是二十岁出头就完成了《财主底儿女们》——胡风称它的出版"是中国新文学史上的一个重大的事件"（《青春底诗——路翎著长篇小说〈财主底儿女们〉序》，人民文学出版社，一九八五年）——的作家啊。

谁也想不出路翎内心的感受。可是他自己知道，他没有用表情和语言显示给朋友和家人的，用诗表达了出来。请看下面这首完整的《红果树》——

> 干枯的红果树在昼与夜静默着/别的树都长了树叶了/羞惭的红果树/用它的魂魄在挣扎着/风吹过/用关切的声音喊着：杭唷/泥土屏息着/也在喊着号子：/杭唷
>
> 杨树和枣树/长了很茂盛的树叶了/那些树叶似乎是被春风带来/落在树干上的/仿佛是魔法似地/从膨胀的风和膨胀的泥土/膨胀的树浆……/这些树也觉得一种羞惭/红果树

沉默着

太阳照耀很欢快/发出金色的箭镞/夜晚有有力的风/红果树听见自己枝干内/有顽强的声音又中断了/它发出痛楚的叹息/周围的树木替它/喊着鼓舞的号子：/杭唷/房屋内睡着的儿童/也似乎在替它喊着号子/而诚实的泥土用很大的/元气充沛的声音喊着/而在夜间发芽的小草也喊着/而在夜间月光下开放的花也喊着/而在夜间幸运地孕育着果实的桃树也喊着/而在夜间未睡着的蜜蜂也喊着/而远处的江流也喊着/而在城市边缘鼓动着的/旋转着的车轮也喊着

红果树被一些亲爱之情围绕/泥土在它的根须下滋滋发响/它的树干内又起了颤动了/它用它的魂魄奋斗着/它的树叶的脉络在树浆里形成了/它的树叶的绿色/又得到泥土的补充了/它的新的树浆灌满树干了/它的花的形态在激动里形成/而果实还连着果核的形态/连着对下一代的预想/含着爱情痉挛着形成/泥土高喊着：杭唷/红果树在一夜之间长出树叶/树木群中/林荫路上/楼房旁侧/不缺红果树

这首诗至少足以造成这样的强烈印象：它突出地显现了对于被"亲爱之情围绕"的敏感和心领神受的系念，一连串的排列并行的诗句使对此的表达相当充沛而深远；这与路翎外表的无动于衷适成鲜明对比。整首诗叙写"红果树"从干枯到复苏的过程,虽然未做任何的渲染,却能够于平静中令人惊心动魄,因为这是"静默的红果树"用"魂魄""挣扎着"、"奋斗着",尽了全力才达到的。像"红果树听见自己枝干内/有顽强的声音又中断了/它发出痛楚的叹息"的句子,该包含着怎样深重的精神创痛呢?

然而,奇异的是,灾难过后的路翎并不怎么直接诉说个人身经的灾难和创伤,从《路翎晚年作品集》来考察,他的很多作品都给人一种罕见的宁静、明亮之感。他恢复创作后写的一些散文,"清新、细腻,用一种难得的平静,描述自己对往事的回忆和对市井生活的观察"。特别是写得最多的做扫地工的生活的篇章,"委婉、温馨,并非一种伤痕式的记忆",类似的心情反映于诗歌创作中,更散发出"令人难以置信的一种诗意"(李辉:《灵魂在飞翔》,《路翎晚年作品集》,四页)。

暮春,/扫地工在胡同转角的段落,/吸一支烟,/坐在石头上,/或者,/靠在大树上:/槐树落花满胡同。

扫地工推着铁的独轮车,/黎明以前黑暗中的铁轮/震响,/传得很远,/宁静中弥满/整个胡同。

(《槐树落花》)

而早在路翎八十年代初刚刚恢复创作,发表了五首诗(《诗刊》

一九八一年十月号发表《果树林中》《城市和乡村边缘的律动》《刚考取小学一年级的女学生》,《青海湖》一九八二年一月号发表《月芽》《白昼》)之后,曾卓就以诗人的敏感,立即作出反应,他撰文指出:"这里没有任何伤感,他歌唱的是今天的生活。这里没有任何矫揉造作,他朴实地歌唱着生活中的感受。这里没有感情上的浮夸,他的歌声是真挚、诚恳的。""这里展开了平凡的生活场景……能够在平凡的生活中发现诗,这是需要热爱生活的心灵。能够将平凡的生活提升到诗的境界,这是需要敏锐的感受力和高度的表现力。"(《读路翎的几首诗》,《青海湖》一九八二年第六期)

为什么会是这样?如果我们愿意回顾一下同时期的文学创作,大致不难发现,路翎创作中所"没有"的,差不多却正是被那一时期的文学凸显出来的表征:"伤痕式的记忆""伤感""矫揉造作""感情上的浮夸",诸如此类。路翎怎么可能避开这些呢?路翎本来是更有资格作这样的表现,而且被认为应该作这样的表现的。

可是真正经历过大苦难的人也许并不需要靠苦难来证明和表现什么,他们甚至对自身非凡的、可以充分夸张和戏剧化的过去说也不愿多说,也许正是因为刚刚摆脱的恐怖经验,他们才会比常人更懂得体会平凡,才会发现和朴素地歌唱平凡中的诗意。牛汉特别注意到,路翎重新回到家里那几年,"固执而焦渴地到阳光下面行走",他还写了几行诗,记下了路翎的姿态:"三伏天的晌午/路翎独自在阳光里行走//他避开所有的阴影/连草帽都不戴//他不认路早已忘记了路/只认得记忆中的阳光//他的性格孤僻的女儿/远远地跟在他的身后。"(《重逢第一篇:路翎》,《随笔》一九八七年第六期)这种对平常日子的"阳光"的非同寻常的"固执"和"焦渴",其实可以看作是一种心理和精神状态的隐喻。

呈现在人们眼前的路翎,如同一棵"黑绿色"的"老枣树","有着狰狞的外貌/度过峥嵘的岁月",只是"静静地""站立着"(《老枣树》),近乎呆滞地面对一切,无感无应;可是他的心灵世界却异常地活跃、丰富,并且相当奇特,他的灵魂"像是要飞翔起来":在沉静的夜晚,"星斗闪烁像是要飞翔起来","刺目的亮光像是要飞翔起来","顶端的窗户亮着像是要飞翔起来","夜的寂静像是要飞翔起来","婴儿的笑像是要飞翔起来","深沉的夜像是要飞翔起来"(《像是要飞翔起来》)。

三

路翎内心世界的紧张似乎在灵魂的飞翔中消失了,平常生活中一点点的诗意似乎也可以让精神放松下来。那么,他个人的那些苦难和经历,他未曾激越夸张地诉说过、未曾大肆直接描绘过的恐怖经验,是不是在他的思想和感受中处于不那么重要的位置呢?他是不是能够让自己忘记——哪怕是强迫忘记、假装忘记,以使自己活得稍微舒心一点儿呢?

这怎么可能。你看他在一九八四年的"池塘边上",分明就看到了新旧重叠的影子——

> 池塘深底里有旧时候的倾诉上浮,/池塘闪光荡漾着/各时候捣衣、洗米的勤勉的农妇的影子,/以及/愤激的殉难者。
>
> (《池塘边上》)

历史的经验和意识使路翎没有沦为一个现实"新时代"的简单的歌颂者,"经过了患难"的人在"新时代"的现实经验往往格外纷繁复杂,要"突破缠绵的痛苦",哪里是一件容易的事——

> 每日和噩梦搏斗,/行进于适时的雨、雪、晴朗与工作与想象中,/过去的年代死难了,/过去的年代鬼魂时时显影,/徘徊在现时的雨、雪、晴朗与工作与想象/与对这想象的想象中,/出现着恶魔的战斗精神;/时代也有这种纵深,/阳台上凝望着国家的疆土,/面前的都市有远处的巨大山河的/重叠的影,/与过去流血的纵深,/——高大的幻象

里有善良的建设者自己的成就与/死难了的年代恶魔的形影。

(组诗《在阳台上》之十二《经过了患难》)

路翎有长达二十年的徒刑,可是写这种生活的诗只有两首,一首写拉车,一首写种葡萄——

囚徒拉着车子行走,/囚徒用绳圈套在肩上拉着车子前行,/凛冽的冬季的狂风里被陷谋的囚徒拉着车子,/太阳升起在监狱的劳动场上空,/太阳升起在生死场的上空,/太阳黄昏落下去了,红色的、冷的、严峻的。

(《拉车行》)

塞上寒冷/荒凉的黄土里扒出去年的葡萄/冷风和白云一同飞翔/夜晚有寒月和监狱的探照灯照耀/冤案错案里的犯人们种植葡萄/冤案错案的犯人们夜间谛听着/从荒凉的黄土里出来的葡萄/在风里轻微地响着的声音/伸出来的柔嫩的枝/嫩绿的叶子

(《葡萄》)

这种遭遇造成的精神上的根本痛苦是——

我因欠时间的债而心跳恐怖，/我因劳动力被迫丧失/或无人来雇佣而痛苦战栗，/我行走在黑色死亡的空间。

(《旅行者》)

这可能是路翎最直接地表达个人恐怖经验的诗句了。在我想来，路翎就是用这些诗句，既泄露着又压抑着他那最惨烈的嚎叫。曾经被囚禁在路翎隔壁的难友绿原描述道："每天二十四小时，除了睡眠、吃饭、大小便之外，其余时间都侧耳可闻他一直不停的、频率不变的长嚎；那是一种含蓄着无限悲愤的无言的嚎叫，乍听令人心惊胆颤，听久了则让人几乎变成石头。"(《路翎走了》，《南方周末》一九九四年三月十一日)

路翎内心世界的奇迹在于，他把个人这样恐怖、惨烈的经验承担了起来而没有被压倒，没有让这样黑暗的经验把心灵占满、把思路阻塞、把精神的不断生成能力扼杀。他的灵魂还有能力、还有空间飞翔，"劫灰深处拨寒灰"，晚年竟然在自己的内心世界里造就出巨大的诗性存在。

四

我们在使用诸如"内心""心灵世界"这一类的词汇的时

候,常常会觉得浮泛、模糊、无力,特别是当我试图以它们来描述和揭示路翎埋藏极深的那一面时,更觉得词不达意。就在这时,路翎诗中一个反复出现的词突然灼痛了我的眼睛,这个词就是——"心脏"。我一下子明白过来,"心脏"就是很难抓住的路翎内心世界的核心,而且也就是路翎晚年诗歌的核心。路翎晚年超过五千行的诗,因此而融会贯通。

看看这是什么样的"心脏"吧。路翎写了"老枣树"的"心脏",写了蜜蜂的"心脏",还写了蜻蜓的"心脏"——

蜻蜓的心脏是有豪杰的火焰的蜻蜓的,/蜻蜓。

(《蜻蜓》)

还写了马的"心脏"——

马的心脏知觉着经过的空间——危急的空间,/和时间,紧张的时间;/马的心脏有红色的火焰与白色的闪光外溢,/它自己看见。

(《马》)

他写了"丧失者"渴望"心脏的新的繁荣"(《阳台上》之二十《丧失者》),写了"失败者""火焰熄灭着的心脏痛苦"(《失败者》),写了"经过了患难"的人"夜间的睡眠里有心脏的那时的痛苦的战栗形成的噩梦",而从患难中复苏的老人"由于心脏跳动/来到阳台上了"(《经过了患难》)。

长达六百行的长诗《旅行者》无疑是路翎晚年诗歌中的重要作品,他反复修改,"可能直至临终都不认为自己已将它改定了"(关于《旅行者》的"编者附记",《路翎晚年作品集》,一三九页)。这首诗以"旅行者"第一人称写道——

> 高耸着的是心灵的渴望/心脏是血液盈满穿着多层火焰衣服的火焰,/我探索和意识和敏感和看见和触摸历史,/于水泵厂的机器震动声的夜,/我的幻想使我进入过去时代和新时代综合的炼狱。

又写道——

> 我于是从心脏里极深地和黑暗的地狱结成仇恨,/仇恨——刀子是总在我的身边/而有对于黑暗的知识。

他又重复道——

> 我有旌旗与带着刀刃/我的意识是我的心脏越过炼狱时

的凶狠的冷静的火焰。

他特别醒目地重复道——

> 我的心脏是,/穿着多层火焰衣服的,内核是极强的火焰的、血液盈满的心脏。

在上引的诗句里,最突出地显明"心脏"特征的意象是"火焰",与"心脏""火焰"发生过最紧张关系的词应该是"炼狱"。这是一颗"越过"了"综合的炼狱"仍然有"极强的火焰"与"闪光"的心脏,只不过别人看不见——这也不要紧,"它自己看见"。

这颗"越过"了"炼狱"的心脏的坚强性、凝聚力、爆发度实在是罕见的,它的诗性表达创造出了几乎是不可思议的事实。从一九九〇年三月一日到十二日,是路翎晚年诗歌创作的巅峰期,在短短的十几天时间里,这位老人写下了两千多行诗,其中包括篇幅巨大的组诗《阳台上》和异常优秀的短制《落雪》《雨中的青蛙》《马》《蜻蜓》《失败者》等。自此以后,再也没有见到路翎的诗作。仿佛路翎积聚了全部的心力,在这一个巅峰期辉煌地消耗光了。这是多么复杂的消耗啊,要贪婪地体会平常日子的宁静,要时刻与浮到日常生活中的苦难和恐怖的阴影搏斗,要"在幻觉中呆站,又走回去寻找"(《丧失者》),要"做战栗的停空的飞翔"(《蜜蜂》)——而且还要消耗在对于自己和自己的同道们的毕生追求的无力的沮丧上面:忍心看看这颗"穿着多层火焰衣服的,内核是极强的火焰的、血液盈满的心脏"的最后的沮丧吧——

> 事业失败,生活挫败者沿着朦胧、似乎变异的路归来,来到阳台上凝望命运了。

(《失败者》)

五

长期受到深重摧残和伤害的人在身体上、在精神上留下伤疤,是再自然不过的事了。路翎没有本领脱胎换骨,却凭借着一己生命所具有的强大的自我救治能力,开始了晚年的创作。他的晚年创作既可以说是他自我救治的结果,同时,在更大的意义上,也是他进行自我救治的方式,而且是最重要的方式,特别是诗歌创作。那么,在路翎的诗中,时常跳出一些刺眼的词汇、句子,表露创伤尚未完全恢复时的意识和思想形态,乃至于呈现已经结了口、定了形的伤疤,这不是很自然的吗?所以对此是一点儿也用不着讳饰的。不但不需要讳饰，而且应该睁大眼睛，看个清楚。然而，另一方面，面对这样的伤疤，如果有谁竟能产生优越感以及因此而起责备心，那还是请他走开吧。要求一个人饱受摧残和伤害却不允许留下伤疤，即使留下伤疤也不允许伤疤太难看，谁有这样的权力？谁可以这样发昏？

路翎从一九八一年到去世，创作了不下于五百五十万言的作品，占总量百分之九十的中长篇小说至今未能发表和出版，《路翎晚年作品集》尽可能全面地囊括了此外的作品，其中最引人注目的是诗歌。本文所论，基本限于诗歌。钱理群曾经发出过这样的呼吁："如果我们真有勇气的话，应该把路翎的著作（包括晚年所写那些难以发表的长篇小说）全部出版，留给后人一个完整的遗产。"（《精神界战士的大悲剧》）

而晚年路翎为了留下这份遗产，他全部的"魂魄"进行了怎样的"挣扎"，他"火焰"般的"心脏"穿越了怎样的"炼狱"：他"死前几天竟然还在服用——冬眠灵。知道吗，这种药为了抑制病人的狂躁，宁可让他变得痴呆"（绿原：《路翎走了》）。

一九九八年十一月十六日

卷三 诗歌笔记（一）

不要学钢琴和诗歌

一八七二年八月十一日(同治十一年七月初八),三十名身着清朝官式服装的幼童,从上海出发,远赴美国。这是清政府派出的第一批留美幼童。在此后的三年里,又连续派出三批。四批人数总计一百二十名。然而,这一官费留学教育计划中途废止,到一八八一年八月,留美幼童又分三批遣返回国。初兴之时意图远大的事件遂告结束。

关于这一事件的叙述,最为人知的是留学计划的"原始发动者"容闳一九〇九年写成的回忆录 *My Life in China and America*(中译本名为《西学东渐记》)里的有关内容。最近读到一部研究著作,《观念与悲剧——晚清留美幼童命运剖析》(石霓著,上海人民出版社二〇〇〇年版)。此前海内外断断续续的研究,这本著作的前言里作了清楚的交代,可资参考。此书将幼童留美视为晚清中国现代化启动的一个重要步骤,其失败的命运被看成是中国早期现代化命运的缩影。如果把中国现代化过程当成一个"大叙述",留美幼童事件当成一个"小叙述",那么,在本书中,这两者的叙述逻辑和规则是一样的,作者突出强调了封闭保守的文化中心观的主导作用,大事件和小事件的命运都要归咎于此,这一点在大小事件之间是可以互相验证的,互相贴合的。

历史的复杂性往往要超出简捷的阐释和叙述。现代化对于晚清以降的中国来说,并非是一种自发、自觉的主动追求,而是被迫的应急性措施。十九世纪的中国,朝野上下,并非一直都在昏昏欲睡,没有产生警醒的危机感,相反,士大夫/读书人的危机感是日深一日的。促成留美幼童事件的关键性人物李鸿章,在一八六〇年的《筹议海防折》中说:"今则东南海疆万余里,各国通商传教,来往自如,麇集京师及各省腹地,阳托和好之名,阴怀吞噬之计,一国生事,诸国构煽,实为数千年来未有之变局。轮船电报之速,瞬息千里;军器机事之精,工力百倍;炮弹所到,无坚不摧,水陆关隘,不足限制。又为数千年来未有之强敌。……居今日而欲整顿海防,舍变法与用人,别无下手之方。"李鸿章对时局的认识不可谓不清醒,他的危机感不可谓不强烈。问题是,这种危机感指向了什么地方?它关注的重心是什么?曾经产生于龚自珍一代人身上的广义的社会危机感,其对"文化重建"和"意义再造"的复杂性和艰巨性的理解,随着时间的推移和各种因素的不断刺激,逐渐被瓜分的恐惧、亡国亡种的危险所代替,曾经有人说,整个十九世纪,中国的危机感走的是一条日渐狭窄、日渐具体、不断被"坐实"的道路,这是真知之见。整顿海防是"坐实"的应急措施,派遣留学生,培养西学人才,又何尝不是呢?留美幼童所学的西学,都是指望学成后能够马上应付急需的,能够有助于缓解和克服危机感的有用之学。事实上,留美幼童回国后在困境中的贡献,也突出表现在海军、矿冶、电报、铁路、外交等实用性的方面。

不是说这些实用性的方面就不重要,而是说,晚清以来的中国现代化过程,总是克服不了应急性的、实用性的、被动性的"追求"——其实哪里是"追求",很多情况下是被赶着跑。如果视留美幼童事件为中国早期现代化启动的一个步骤,那么这个启动的情境、启动的直接的明确的目的,都是值得反思的。这一计划最终是流产了,可是我们不妨假设,如果能够继续实行下去,大概会产生更大、更好、更重要的影响吧,只是会大、好、重要到什么地方呢?来看看这样一个"细节"吧:一八八〇年,出洋肄业局第四任委员吴嘉善在美国颁布留美幼童的新规章,其中有一段,特别要求美国教师停止教授中国学生美国地理、钢琴演奏和英语诗歌,因为这对中国学生来说是不必要的;要用温习中国典籍和中文写作来代替这些课程。〔英文原文如下:Teachers of our students will be requested to drop those studies which are necessary for Americans but not for Chinese, (such as geography of the United States, playing on the piano, and poetry) and substitute in their places the study and review of Chinese classics and the writing of Chinese.]

是啊,钢琴和诗歌,怎么能够应付切实的问题和巨大、强烈的危机感呢?

二〇〇〇年八月十日

新诗的童年

新诗的历史不过百年,现在回过头去看初期的白话诗,多会带上优越感,以为实在幼稚,不足道也。这道理是有的,如果现在还把初期的白话诗当成了不起的东西,那岂不是说快一百年的新诗没有什么长进吗?

可是幼稚这东西,放在成年人身上觉得别扭,在小孩子身上就很自然,而且可爱。小孩子要是不幼稚,倒不是件好事情。我觉得看初期的白话诗,可以当成小孩子的话来看,这么一来,说不定能看出点东西了。

不是说动手写白话诗那会儿的那些人是小孩子,而是说,他们写的时候,刚刚开始学着使用白话,才尝试着新诗这种表达形式,那样一种状态,大概多少有些像小孩子学着用语言来表达自己。

小孩子的话是不是就不值得去听听、想想呢?《新青年》时代新诗作家"三大巨头"之一的刘半农,出版过两册《扬鞭集》,里面的诗有好些幼稚的地方,譬如这首很短的《其实……》：

> 风吹灭了我的灯，又没有月光，我只得睡了。
> 桌上的时钟，还在悉悉的响着。窗外是很冷的，
> 　一只小狗哭也似的呜呜的叫着。
> 其实呢，他们也尽可以休息了。

废名讲新诗，说"这一首我们只能说写得幼稚，这个幼稚却正是新诗的朝气，诗里的情感无有损失了"。他说到那些幼稚的地方，"不禁都很是敬重，很是爱好。幼稚而能令人敬重，令人好感，正是初期白话诗的价值"。

鲁迅的例子也许更能说明问题。鲁迅思想的精深和卓越的文字功夫用不着强调了，可是就是他，偶尔写的几首白话诗从表面上看去也很简单，但废名讲《新青年》六卷四号上的一首《他》，却说这首诗有古风的苍凉，是"感彼柏下人"的空气，总由《他》联想到鲁迅《写在〈坟〉后面》那篇文章。"鲁迅先生的《他》则是坟的象征，即是他说的'埋掉自己'，即完全是一首诗，乃有感伤。"

朱自清编《中国新文学大系·诗集》，不选《新青年》四卷一号上的沈尹默的《月夜》，因为这是最早出现的新诗，他要讲个不选的理由。他说"吟味不出"这首诗可意会不可言传的妙

处。"第三行也许说自己的渺小,第四行就不明白。若说的是遗世独立之概,未免不充分——况且只有四行诗,要表现两个主要意思也难。因此这回没有选这首诗。"选不选是另外一回事,不过这首诗不能很肯定地说就没有什么妙处。不妨体会一下试试:

> 霜风呼呼的吹着,
> 　月光明明的照着。
> 我和一株顶高的树并排立着,
> 　却没有靠着。

有研究者分析这首简单的诗,说在意境上此诗既是传统的回响,如常见的诗题、自然意象和气氛,也是对传统的否定。最后一行用"却"这个转折语来强调人与自然的平行存在,有别于古典诗中物我浑然一体的境界。如果诗首的"霜风"暗示自然的强凛和个人的孤弱,那么诗人坚持的是后者的卓然独立和超越物质环境的潜能(奚密《从边缘出发:论现代汉诗的现代性》)。

这样的分析,体会到的,已经不仅仅是小孩子的话的妙处了。

沈尹默自己也许完全没有想到,他处理是人与自然分离的重大主题，而这个主题出现在中国现代文学的开端，出现在第一批发表的新诗当中，并非全是个人的偶然因素。他个人无意识的感觉，隐含着近代以来人与自然的关系不知不觉中发生重大变化的信息。不过，后来的中国现代文学并没有充分地领会这一信息。这是特别遗憾的。

二〇〇〇年十月十四日

"你不能做我的诗,正如我不能做你的梦"

新文学的开山胡适做成第一部新诗集《尝试集》,他的"诗观"却是简单明了,而且一辈子也没有变,大致而言,那就是作诗如作文,作文如说话,应该清楚明白。这种主旨为了提倡白话而有意无意混淆诗与文的区别、文学语言与日常语言的区别的"诗观",后来自然屡遭质疑,甚至有人明言胡适是新诗运动的最大敌人。不过话又说回来,胡适自己的创作是否就像他的理论倡导的那样,明白如"话",而且一"白"到底呢?

就说《尝试集》的第一首《蝴蝶》,写双飞的蝴蝶后来分开,落了单。够"白"的了。可是废名讲到这首诗,说"为什么这好像很飘忽的句子一点也不令我觉得飘忽,仿佛这里头有一个很大的情感,这个情感又很质直"。多年后胡适写《逼上梁山》,回忆写这首诗的情境,说是曾在窗口看见一对蝴蝶分飞,"感触到一种寂寞的难受",写了这首小诗,原题《朋友》,后来改作《蝴蝶》。《逼上梁山》是《中国新文学大系·建设理论集》

的第一篇，胡适把诗里的个人情绪，与文学革命这个大运动联系在一起，他说："这种孤单的情绪，并不含有怨望我的朋友的意思。我回想起来，若没有那一班朋友和我讨论，若没有那一日一邮片，三日一长函的朋友切磋的乐趣，我自己的文学主张决不会经过那几层大变化，决不会渐渐结晶成一个有系统的方案，决不会慢慢的寻出一条光明的大路来。"

这样一解释，小诗背后的大情感就使诗变得不像表面那么"明白如话"了。

这个解释还有一个倾向，就是把个人的情绪"编织"到时代和历史的大事件当中去。这是否可靠呢？

《胡适与韦莲司：深情五十年》（周质平著）一书考掘胡适与 Edith Clifford Williams 的交往恋爱，认为此诗是情诗，初见于胡适一九一六年八月二十三日的《留学日记》，其时胡适正租住在韦莲司纽约海文路的公寓，"睹物思人，借蝴蝶起兴，冠题《朋友》，诗中人物已经呼之欲出了"。

一九二〇年胡适写了一首《梦与诗》，诗后有"自跋"，宣讲他的"诗的经验主义"。按照此说，诗以"经验"为底子，而"经验"又是个人性很强的东西，这样一个人写出来的诗，对于另外的不可能有同样"经验"的人来说，怎么可能是明白如话的呢？这个时候，胡适也不能不承认诗不可能是完全透明的了。《梦与诗》最后一节是："醉过才知酒浓，/爱过才知情重:——/你不能做我的诗,/正如我不能做你的梦。"

二〇〇〇年十一月二十六日

猫头鹰、蛇之类

猫头鹰、冰糖壶卢、发汗药、赤练蛇

鲁迅先生"拟古的新打油诗"《我的失恋》,实在有些好玩。它当然是"恶作剧"的:

> 爱人赠我百蝶巾;
> 回她什么:猫头鹰。

这可够让人吃惊的。但这只不过是第一次,接下来还有第二次、第三次出乎意料:"爱人赠我双燕图;/回她什么:冰糖壶卢。""爱人赠我金表索;/回她什么:发汗药。"结果当然是"从此翻脸不理我"。

所谓"拟古",指的是模拟东汉张衡《四愁诗》的格式,段落之间大致相同,也就是以重复和重复中的差异构成整体。这首诗的不凡，在于能够利用重复中的那一点点差异，一而再、再而三让人吃惊——还有第四次：

> 我的所爱在豪家；
> 想去寻她兮没有汽车，
> 摇头无法泪如麻。
> 爱人赠我玫瑰花；
> 回她什么：赤练蛇。
> 从此翻脸不理我，
> 不知何故兮——由她去罢。

可是，就在我们跟着鲁迅玩味这一次又一次惊人转折的"游戏"时，没有料到还有一层转折。这是鲁迅的好友许寿裳先生告诉我们的："殊不知猫头鹰是他自己所钟爱的，冰糖壶卢是爱吃的，发汗药是常用的，赤练蛇也是爱看的。"

话再说开去，这首诗还引发了更令人想不到的事情：《晨报副刊》即将发表这首诗之际，代理总编辑刘勉己到排字房去抽掉了，副刊编辑孙伏园愤而辞职，与鲁迅、周作人、林语堂等创办了《语丝》周刊。这首"打油诗"与中国报刊史、文学史竟有如此关联，鲁迅当初也是想不到的吧。

蛇

"我的寂寞是一条蛇,/静静地没有言语。/你万一梦到它时,/千万啊,不要悚惧!"

冯至的这条"蛇",来自英国唯美主义画家毕亚兹莱的黑白线条画,画上一条蛇,尾部盘在地上,身躯直长,头部上仰,口中衔着一朵花,令年轻的冯至觉得这蛇"秀丽无邪,有如一个少女的梦境"——"它把你的梦境衔了来,/像一只绯红的花朵。"

另外一个诗人邵洵美也写了一首《蛇》,灵感恐怕也是来自他非常喜欢的毕亚兹莱,他把蛇幻化为性感特征极强的美女,把性爱、死亡的恐怖和疯狂纠缠在一起,效果的确惊人:"啊,但愿你再把你剩下的一段/来箍紧我箍不紧的身体,/当钟声偷进云房的纱帐,/温暖爬满了冷宫稀薄的绣被!"

更早的时候,徐玉诺——今天大概很少有人知道这个诗人了——写了一首《跟随者》:"烦恼是一条长蛇。/我走路时看见他的尾巴,/割草时看见了他红色黑斑的腰部,/当我睡觉时看见他的头了。//烦恼又是红线一般无数小蛇,/麻一般的普遍在田野庄村间。/开眼是他,/闭眼也是他了。//呵!他什么东西都不是!/他只是恩惠我的跟随者,/他很尽职,/一刻不离地跟着我。"

写蛇写得最惊心动魄的还是鲁迅。《野草·墓碣文》："有一游魂，化为长蛇，口有毒牙。不以啮人，自啮其身，终以殒颠。"这条长蛇为什么要自啮其身？"抉心自食，欲知本味。"可是这个目的能够达到吗？"创痛酷烈，本味何能知？""痛定之后，徐徐食之。然其心已陈旧，本味又何由知？"鲁迅属蛇，他所写的其实是一幅惨烈的自画像。

二〇〇三年二月二十六日

心灵失路的叫喊

李金发的诗为人诟病的地方实在可以举出不少,但是历史地看,在当时的文学情形中,他那些象征主义"怪诗"的出现,绝不仅仅是诗艺标准的评判能够揭示其全部意义的。李金发远在法国,与国内文坛的遥远距离也许有助于他超乎"五四"早期文学写作的时风和一般性的文学观念,同时也使他"异国情调"的声音听起来"是个遥远的声音";可是当他的诗在国内发表、出版,这个"遥远的声音"就在眼前响起的时候,就显得特别刺耳。刺耳的正面意义在于,"李金发所实践的二度解放,至少曾暂时把中国的现代诗,从对自然与社会耿耿于怀的关注中解放出来,导向大胆、新鲜而反传统的美学境界的可能性。正如欧洲的现代主义一样,它可说是反叛庸俗现状的艺术性声明"(李欧梵《中国现代文学中的现代主义》)。

后辈诗人卞之琳对李金发作过"苛评",说他对法语和母语都缺少修养,《微雨》中译魏尔伦的一首短诗出现"惊人谬误",原作者狱中即景的戏笔"老鼠大娘小跑过去"(Dame souris trotte）竟被译成了"妇人疾笑着",还有其他的错例,证明李金发"竟连原诗的表层意思都不懂","译得牛头马嘴,结果不知所云"。他的写诗也好不了多少,"信手抓一些意象来骇俗,近乎痴人说梦"。卞之琳对照指出:"波德莱尔的著名十四行诗《应和》(Correspondances)以形象语言发挥'交感'或'通感'的意思,向被文学批评家认为是象征派诗宪章,仿此而言,李金发作诗、译诗恰成了一种'错乱'。"可是即便如此,卞之琳也不能不承认李诗的实践意义,他的"错乱","他这样跌跌撞撞引起的小波澜,却多少碰动了一点英美十九世纪浪漫派诗及其余绪影响当时中国新诗的垄断局面"(卞之琳《翻译对于中国现代诗的功过》)。李金发的诗确实有一种惊世骇俗的效果,这得益于他在诗中有意识地追求某种"震荡"——"那种通常由不合语法的词组与奇特的想象堆砌而成的震荡。""李金发将波德莱尔和魏尔伦作品翻译并改编入自己的作品,尽管出现了许多大大小小的错误,但他富有朝气的实验偶尔也能产生一些奇异而强有力的轰动。"(李欧梵《探索"现代"》)

平心而论,李金发诗的意义也并非只在"效果",也并非如他自己有些自负地宣称的那样,除了一串无需解说的零落意象和象征之外,没有蕴含任何意义。而他说自己的诗是"个人灵感的记录",是与"冷酷""理性"相对立的,倒是诚实不欺的话。虽然大多数的阐释比起阐释对象自身的表达来不免相形见细,但只要存在阐释的可能性,甚至只要他的诗是可以被感受的,就证明意义蕴含其中。譬如《微雨》集首的那篇著名的《弃妇》,其中一句:

夕阳之火不能把时间之烦闷
化成灰烬

就具有相当强烈的表现力。"这无边的烦闷,这把时间、夕阳和灰烬联在一起的触目形象,是纯然波德莱尔式的。"(王佐良《中国新诗中的现代主义》)也是"作诗如作文"的诗所不可比拟的。

李金发的诗虽然读起来吃力,但所表达的现代感受是又突兀又弥漫的,即使无法逐字逐句地进行解释,对这种现代感受一般而言不可能视而不见。李金发诗理解上的困难,除了从普通意义上说作者存在语文性的表达方面的问题,更值得注重的还在于现代经验、感受对表达和理解两个方面的要求。对于诗人来说,他要通过语言去捕捉正在经验着的、正在生成中的感受,诚非易事;而对于一般并非如诗人一样正经验着、生成着同样感受的读者来说,诗人的现代感受本身即包含着与理解作对的异质性,何况它还经过了并不准确的语言转换。

可是大致上我们还是可以说,李金发的诗是"心灵失路之叫喊",传达的是"生之疲乏"与"烦闷",对于死亡的奇特趣味和想象,以及生命笼罩在死亡阴影下的"神秘"、"恐怖"与"残酷"——既然时间永流不居地把人引向"不可救药"的死亡,那么生命的旅程也就只能是逐渐走向"崩败"的颓废之旅,它的存在也只不过是"空间上可怖之勾留",所以"生活"的真实情景便是——

> 我听惯了无牙之颚,无色之颧,
> 一切生命流里之威严,
> 有时为草虫掩蔽,捣碎,
> 终于眼球不能如意流转了。
>
> （《生活》）

李金发对在"平淡的时光里"目睹或"联想""生命崩败之遗迹"（《柏林之傍晚》）的陌生化处理,确实能够引起读者的惊诧,往往使读者在猛然间受到现代感受的撞击——

> 我们散布在死草上,
> 悲愤纠缠在膝下。
>
> 粉红之记忆,

如道旁朽兽，发出奇臭，

　　遍布在小城里，
　　扰醒了无数甜睡。

　　我已破之心轮，
　　永转动在泥污之下。

（《夜之歌》）

更具刺激效果的是类似于《有感》里的句子——

　　如残叶溅
　　　　血在我们
　　　　　　脚上，

　　生命便是
　　　　死神唇边
　　　　　　的笑。

　　为什么是死神唇边的"笑"呢？"笑"的短暂性和恐怖的"美感"在这里得到了极致的表现，如果说短暂、恐怖是李金发对生命性质的阐释,那么,这种"笑"的"美感"则可以认为是他在死神威胁之下的生命的追求。说得更明确一点,这种追求就是一种颓废的、享乐的、唯美的追求。如果我们在李金发的诗中读到了醉生梦死的冲动,那其实也是清醒的醉生梦死的冲动。"我不欲再事祈祷,/多情之上帝全聋废了。"(《生之疲乏》)没有超越一切的神给人以援手,也没有超越一切的目标值得人去追求,能够追求短暂的、恐怖的"美感"就是成就生命了。

这种颓废的心态和意识隐含着现代的诚实,在李金发的诗中也不乏"剖心"式的直接表达,譬如《如其究心的近况……》——

> 如其究心的近况,
> 我将答之以空谷;
> 如其问地何以荒凉,
> 我将示之以
> 颓败的花,
> 大开的门。

而说到这种颓废意识的形成,我们还必须注意到其中的复杂性。李金发有一段自述:"那时因多看人道主义及左倾的读物,渐渐感到人类社会罪恶太多,不免有愤世嫉俗的气味,渐渐地喜欢颓废派的作品，鲍德莱的《罪恶之花》，与及Verlaine的诗集，看得手不释卷，于是逐渐醉心象征派的作风。"（李金发《文艺生活的回忆》）从"多看人道主义及左倾的读物"到倾心"颓废派的作品"，存在着一条有机关联的线索，这恐怕是出乎一些论者意料的。瓦尔特·本雅明曾经对波德莱尔作过精彩论述，他把马克思在《路易·波拿巴的雾月十八日》中描述的那些使"革命成为毫不具备革命条件的即兴诗"的职业密谋者身上的特征，与颓废的、反抗的、浪荡子形象的诗人联系起来，把"革命的炼金术士"和"诗歌的炼金术士"联系起来，而且指出："每个属于波希米亚人的人，从文学家到职业密谋家，都可以在拾垃圾的身上看到自己的影子。他们或多或少地处在一种反抗社会的低贱地位上，并或多或少地过着一种朝不保夕的生活。"（本雅明《发达资本主义时代的抒情诗人》）这一向度的探究也许与李金发的个人意识相隔的距离稍远，所以只在这里略一提及；相比之下更明显的是，他个人的颓废意识的生发，与西方"世纪末"的思想、文化和文学思潮有莫大的关系，他一个身处异国他乡、敏感忧郁的青年，投入到西方的文学和艺术情境中，受到"世纪末"病症的感染自然来得直接、强烈，正如他自己在《印象》一诗里描述的那样——

世纪的衰病，攻打我金发之头，如秋

深的雾气,欲使黑夜更朦胧。

李金发把现代感受和意识"生硬"地表达于汉语之中,不论是和汉语古典诗歌的表达方式及其内涵,还是和白话新诗的表达方式及其内涵,都形成了鲜明的反差。可是又让人出乎意料的是,他竟然在《食客与凶年》的《自跋》里批评新诗忽视中国古典诗歌传统的普遍倾向,还透露出他自己"试为沟通"中西诗歌的志向。他说:"余每怪异何以数年来关于中国古代诗人之作品,既无人过问,一意向外采辑,一唱百和,以为文学革命后,他们是荒唐极了的,但从无人着实批评过,其实东西作家随处有同一之思想、气息、眼光和取材,稍为留意,便不敢否认,余于他们的根本处,都不敢有所轻重,唯每欲把两家所有,试为沟通,或即调和之意。"这当然是一种切中时弊的看法,李金发也确实做过这方面的努力,最浮面的就是诗中嵌入了一些古人的句子,借用了一些传统的意境、意象,譬如"送君皆自崖而返君自此远矣"(《Sagesse》)、"欲凭江水诉离愁,江已东流那肯更西流"(《流水》)、"愁里见春来,又空愁春去"(《初春》)等,试图造成古今、中外相通的感受,其实际达到的结果却令人丧气。主要的原因也许是李金发对中国传统文化和古典诗学诗艺修养蕴积不够深厚,虽然有心去做,却实在是勉为其难。

"颓加荡"的诗

一九二八年五月,邵洵美出版诗集《花一般的罪恶》,写下了这样的"序曲"——

> 我也知道了,天地间什么都有个结束;
> 最后,树叶的欠伸也破了林中的寂寞。
> 原是和死一同睡着的;但这须臾的醒,
> 莫非是色的诱惑,声的怂恿,动的罪恶?
>
> 这些摧残的命运,污浊的堕落的灵魂,
> 像是遗弃的尸骸乱铺在凄凉的地心;
> 将来溺沉在海洋里给鱼虫去咀嚼吧,
> 啊,不如当柴炭去烧燃那冰冷的人生。

这个"序曲"像邵洵美的其他诗一样直露,不同的是,他在诗里的直露是热烈的直露,而这里,如果就用"序曲"里的词来说,则是凄凉的、冰冷的直露。这一面其实倒是邵洵美极少显现的,他张扬的,如一首诗的标题所示,是"颓加荡的爱"。西方文学和艺术上的"颓废"(英文 decadence,法文 decadent)的概念,二三十年代曾被译为"颓加荡",音义兼收,形("荡",放荡)神("颓",颓废)俱备。而那个"爱"字,在邵洵美的诗里,也就是情色而已。邵洵美把一个"冷"的序加在一些"热"的诗之前,用意很明显,他想提醒读者,也仿佛是对自己有个解释,他那些"热"的诗,其核心是"凄凉"和"冰冷"的,越是如此,所以越要"烧燃","烧燃"的方式无他,"颓加荡的爱"即是。这个意思也许很浅白,但它有一个人生虚无的底子,这个底子是死亡所构筑的。"序曲"一开始就揭开了这个底子。如果我们能够充分考虑到"序曲"和"序曲"之后的诗之间的紧密关联的话,大致就可以说,诗集的构成包含了唯美主义的两个基本要素:死亡意识和颓废的唯美追求。用英国唯美主义的理论家瓦尔特·佩特(Walte Pater)在《唯美诗歌》一文中的话来简洁地概括,就是,"死亡意识刺激了追求美的欲望"(the desire of beauty quickened by the sense of death);另一方面,佩特又在《屋里的孩子》中说,"追求美的欲望加剧了死亡的恐惧"(the fear of death intensified by the desire of beauty)。

不过,邵洵美及其他的中国同道们是否具有与他们所效仿的法、英"唯美—颓废主义者"同样深切的生命意识和文学自觉，多少是值得怀疑的。即使如此，仅仅从文字的表面，仍能散发出强烈的唯美颓废气息，造成一股奇异的流风。从二十世纪二十年代中期到三十年代初，在上海，以狮吼社为基础，围绕《狮吼》和《金屋月刊》两个杂志，形成了一个"唯美—颓废主义"的作家群，以滕固、章克标、邵洵美等为核心人物，其中邵洵美最为惹眼。章克标后来回忆《狮吼》同人时说道：

> 我们这些人，都有点"半神经病"，沉溺于唯美派——当时最风行的文学艺术流派之一，讲点奇异怪诞的、自相矛盾的、超越世俗人情的、叫社会上惊诧的风格，是西欧波特莱尔、魏尔伦、王尔德乃至梅特林克这些人所鼓动激扬的东西。
>
> 唯美出于好奇和趋时，装模作样地讲一些化腐朽为神奇，丑恶的花朵，花一般的罪恶，死的美好和幸福等，拉拢两极、融合矛盾的语言。《狮吼》的笔调，大致如此。崇尚新奇，爱好怪诞，推崇表扬丑陋、恶毒、腐朽、阴暗；贬低光明、荣华，反对世俗的富丽堂皇，申斥高官厚禄大人老爷。

章克标回忆里那些依然鲜明的意象、依然清晰的倾向，以故意的、"矫揉造作"的方式——奥斯卡·王尔德说:"人生的首要任务就是变得尽可能地矫揉造作。何为第二任务至今尚无人发现。"——反社会世俗和艺术世俗之道而行之,从而引起社会上和艺术上的惊诧;这显然与他们所效仿的法、英颓废文学和艺术有直接的关联。《金屋月刊》的榜样《黄面志》(*Yellow Book*),就是十九世纪末 Bloomsbury 这批颓废诗人和作家的出版物,这些人的作品上承史文朋(Swinburne)和先拉斐尔派,艳丽旖旎,雕琢奇特。邵洵美的诗颇多类似之处,他不但不讳言,反而是坦诚而又有些自得地自述"诗的历程",诗集《诗二十五首》自序中说:"我的诗的行程也真奇怪,从沙弗发现了她的崇拜者史文朋,从史文朋认识了先拉斐尔派的一群,又从他们那里接触到波特莱尔、凡尔仑。当时只求艳丽的字眼,新奇的词句,铿锵的音节,竟忽略了更重要的还有诗的意象……在这个时期我出版了《花一般的罪恶》。听说徐志摩当时在我的背后对一位朋友说:'中国有个新诗人,是一百分的凡尔仑。'"他还特意写了献给沙弗和史文朋的诗,诗风恰如他自己所说的那样。试看《To Sappho》:"你这从花床中醒来的香气,/也像那处女的明月般裸体——/我不见你包着火血的肌肤,/你却像玫瑰般开在我心里。"另一首《To Swinburne》也许表现得更充分一些:"你是沙弗的哥哥我是她的弟弟,/我们的父母是造维纳丝的上帝——/霞吓虹吓孔雀的尾和凤凰的羽,/一切美的诞生都是他俩的技艺。//你喜欢她我也喜欢她又喜欢你；/我们又都喜欢爱喜欢爱的神秘；/我们喜欢血和肉的纯洁的结合；/我们喜欢毒的仙浆及苦的甜味。"短短的两首诗，里面就出现了邵洵美特别喜爱用的字眼和意象："火""血""肉"等，一九二八年金屋书店出版邵洵美的一本评论集，就题名为《火与肉》。

邵洵美"颓加荡"的诗，最显著之处，就是对于处在情欲状态之中的身体的直白的描述，身体的呈露成为意识的中心。它所引发的议论、所遭受的指责，也正从反面说明了身体在文明、文化的系统中长期被压抑、被排斥的地位。事实上，理性或理念始终力图用先身体而在或外身体而在的意义来控制身体，把身体控制在设定的意义界域之内，监管身体的感受性，身体只能在划定的范围内去感受理性或理念所能允许的意义。在这种情形中，感受性本身不过是对意义的感受性，身体不过是被理性或理念强奸的"意义共属体"。可是，无论理性、理念和意义的力量如何强大，身体毕竟是具有原始根性的实存，它总是会自觉或不自觉地反抗压抑和监管，其形式可以是中国文人式的"放纵"，也可以是西方近现代以来要求"解放"名义之下的色情行为和冲动自由。我们虽然不能把邵洵美"颓加荡"的诗提高到由尼采提出、为米歇尔·福柯所推进的审美主义的身体本体论的高度来讨论，虽然邵洵美诗的"颓加荡"也不可与福柯式的探索身体的潜在性和可能性、有意识地把身体投入到趋向极限的冒险来类比,但是,我们至少可以由此为身体的感受性辩护,哪怕这种感受性并没有多少"意义"。

邵洵美所推崇的英国《黄面志》的核心人物之一阿瑟·西蒙斯(Arthur Symons),有一首题为《礼物》的诗,意思说得就非常直接:我要的是刹那的肉体的快乐,你带来的却是永恒的心灵,这稀有的礼物不是我所要的。邵洵美的不少诗,颇有西蒙斯的意味,风格、意象都能看出相合之处,不妨这里就顺便看西蒙斯的一首与《礼物》异曲同工的《理想主义》,以作参照——

> I know the woman has no soul, I know
> The woman has no possibilities
> Of soul or mind or heart, but merely is
> The masterpiece of flesh: well be it so.
>
> It is her flesh that I adore; I go
> Thirsting a flesh to drain her empty kiss.
> I know she cannot love; it is not for this
> I rush to her embraces like a foe.
>
> Tyrannously I crave, I crave alone,

Her body, now a silent instrument,

That at my touch shall wake and make for me

The strains that I have dreamed of, and not known;

her perfect body, Earth's most eloquent

Music, the divine human harmony.

不过邵洵美比西蒙斯显得更"过火"——有评论说"西蒙斯不具备描写身体接触而不感羞涩的文字控制力"——他涉及身体的描述更直接，更具体，也更具有诱惑性，譬如长诗《花一般的罪恶》的第一段——

> 那树帐内草褥上的甘露，
>
> 正像新婚夜处女的蜜泪；
>
> 又如淫妇上下体的沸汗，
>
> 能使多少灵魂日夜醉迷。

一些标示着感官欲望的字眼总是径直指向身体的某一部分，像"红唇""舌尖""乳壕""肚脐""蛇腰"在邵洵美的诗里组成"视觉的盛宴"，有时甚至露骨到被文明化和道德化了的视觉难以承受的程度，如《牡丹》一诗——

>牡丹也是会死的
>
>但是她那童贞般的红，
>
>淫妇般的摇动，
>
>尽够你我白日里去发疯，
>
>黑夜里去做梦。
>
>少的是香气：
>
>虽然她亦曾在诗句里加进些甜味，
>
>在眼泪里和入些诈欺，
>
>但是我总忘不了那潮润的肉，
>
>那透红的皮，
>
>那紧挤出来的醉意。

平心而论，这一类诗着笔于女性肉体，狂纵妖艳，效果强烈，好像在应和与证明王尔德这样的断言："一个人若要具有地道的现代风韵就应当没有灵魂。一个人若要具有地道的古希腊味就应当没有衣服。"但从诗艺上说，邵洵美的这些诗并不能算得上好作品。前文曾说"颓加荡"的翻译形神俱备，可是就邵洵美的这一类诗而言，基本上可以说是，"荡"形毕露无遗，"颓"神多欠不足。我们在谈论邵洵美之始，就试图从他《花一般的罪恶》的"序曲"中探测他自我意识中的人生虚无的底子，进而标出死亡意识和颓废的唯美追求互相砥砺、互相刺激的意识构成和艺术表现。可是邵洵美回避了处于两端之间的精神磨难和痛苦，他似乎有意识地弃一端趋一端，以致他的大部分诗不具有我们在法、英"唯美—颓废主义"诗人那里能够明显感受到的思想意识上的紧张感，艺术上的紧张感自然随之丧失。

抗战和他们的诗

——戴望舒、艾青、穆旦：三代诗人的例子

一九四二年春天，担任中华全国文艺界抗敌协会香港分会领导工作的戴望舒，被日本宪兵逮捕入狱。四月二十七日，他写了《狱中题壁》，想象着胜利的一天，同胞从泥土掘起他伤损的肢体，"然后把他的白骨放在山峰，/曝着太阳，沐着飘风：/在那暗黑潮湿的土牢，/这曾是他唯一的美梦"。这个"美梦"是实写的：地牢里的阴湿大大毁坏了他的身体，以致他渴望曝晒自己的白骨！在后来的《等待（二）》里，他还写到了更为惨烈的酷刑和折磨，还有那"让脚气慢慢延伸到小腹上"的阴湿。牢狱之灾，与后来戴望舒的英年早逝直接相关。

出狱后不久，戴望舒写出了《我用残损的手掌》，把对祖国刻骨铭心的爱，形象化为抚摸祖国版图的动作："我用残损的手掌/摸索这广大的土地：/这一角已变成灰烬，/那一角只是血和你……""无形的手掌掠过无限的江山，/手指沾了血和灰，手掌沾了阴暗。"可是，"我把全部的力量运在手掌/贴在上面，寄与爱和一切希望"。灾难的岁月,把原来的"雨巷诗人"变得深沉而庄严,把他的诗境变得开阔起来。就连外国的汉学家也能够明确地感受到,通过《我用残损的手掌》,"诗人终于找到了自己的另一个声音,它不再是孤芳自赏的低吟,也没有了失望的悲苦,它转向世界,朝向每一个人"。

"转向世界,朝向每一个人",这是抗战以来,中国诗人和中国新诗发生的一个非常明显的变化。比戴望舒年轻的卞之琳和艾青,比艾青年轻的田间和穆旦,都可以为这个变化做出有力的证明。

艾青在一九三九年写道:"属于这伟大和独特的时代的诗人,必须以最大的宽度献身给时代,领受每个日子的苦难像是那些传教士之领受迫害一样的自然,以自己诚挚的心沉浸在万人的悲欢、憎爱与愿望当中。他们(这时代的诗人们)的创作意欲是伸展在人类的向着明日发出的愿望面前的。唯有最不拂逆这人类的共同意志的诗人,才会被今日的人类所崇敬,被明日的人类所追怀。"(《诗与时代》)

这个从"彩色的欧罗巴"带回一支"芦笛"的诗人,这个时代的"流浪者",抗战爆发后,"找到了自己的另一个声音",一跃而为时代的"吹号者",在我们这个民族的斗争中找到了自己的位置，也为自己的情感和诗找到了深深根植的土地。《雪落在中国的土地上》之后，又有《我爱这土地》："这被暴风雨所击打着的土地，/这永远汹涌着我们的悲愤的河流，/这无止息地刮着的激怒的风，/和那来自林间的无比温柔的黎明……"

与对"土地"的深沉的爱相伴随，是对"太阳"以及光明、春天、黎明、生命、火焰的热烈赞美。一九三八年在武昌，艾青写出长诗《向太阳》，是抗战诗歌中的不朽之作。"被不停的风雨所追踪/被无止的噩梦所纠缠"的"我"，"终于起来了"，"我打开窗/用囚犯第一次看见光明的眼/看见了黎明/——这真实的黎明啊"。艾青在诗里写到了"昨天"和"今天"的变化，"昨天/我把自己的国土/当作病院/而我是患了难于医治的病的/没有哪一天/我不是用迟滞的眼睛/看着这国土的/没有边际的凄惨的生命……/没有哪一天/我不是用呆钝的耳朵/听着这国土的/没有止息的痛苦的呻吟"；可是现在，太阳出来了，太阳"照在我们的久久地低垂着不曾抬起过的头上"，他看见一个拄着拐杖的伤兵沿着墙壁走着，太阳"照在他纯朴地笑着的脸上"，他听见阳光里少女的歌声、工人的劳动号子和士兵整齐的步伐声——"于是/被这新生的日子所蛊惑/我欢喜清晨郊外的军号的悠远的声音/我欢喜拥挤在忙乱的人丛里/我欢喜从街头敲打过去的锣鼓的声音/我欢喜马戏班的演技/当我看见了那些原始的，粗暴的，健康的运动/我会深深地爱着它们/——像我深深地爱着太阳一样。"

抗战期间国统区最具影响的诗歌流派七月派的年轻诗人，大多深受艾青的影响，自觉地在这种影响下成长。就是在西南联大的校园，艾青和田间也成为深受学生喜爱的诗人。一九四五年昆明的诗人节纪念会上，两位联大的同学朗诵了艾青的《向太阳》和田间的《自由向我们来了》《给战斗者》，在听众激动的情绪中，闻一多即席发表了《艾青和田间》的讲演。

联大学生诗人的杰出代表穆旦，他的创作，譬如发表在校园刊物《文聚》第一期封面上的《赞美》，那种对屈辱的土地、人民和痛苦的历史的深切感情，也正与艾青的诗一脉相承；而在艾青写过《他起来了》、"我终于起来了"之后，年轻的穆旦也在汹涌的感情中反复喊出："一个民族已经起来。"

比这种文学影响更重要的，是穆旦自己的现实经验。《赞美》开篇即写"走不尽的山峦的起伏，河流和草原，/数不尽的密密的村庄，鸡鸣和狗吠"，很自然地就令人想到，一九三八年，西南联大的两百名师生步行从长沙走到昆明，全程三千五百里，历时六十八天。途中，穆旦就写了组诗《三千里步行》。

一九四二年，穆旦参加中国远征军，出征缅甸抗日战场，在震惊中外的野人山战役中，从死亡线上挣扎出来。这一惊心动魄的经历在穆旦的同学王佐良写的《一个中国诗人》里有所披露:"那是一九四二年的缅甸撤退。他从事自杀性的殿后战。日本人穷追。他的马倒了地。传令兵死了。不知多少天,他给死去的战友的直瞪的眼睛追赶着。在热带的豪雨里,他的腿肿了,疲倦得从来没有想到人能够这样疲倦,放逐在时间——几乎还有空间——之外,胡康河谷的森林的阴暗和死寂一天比一天沉重了,更不能支持了,带着一种致命性的痢疾,让蚂蟥和大得可怕的蚊子咬着,而在这一切之上,是叫人发疯的饥饿,他曾经一次断粮达八日之久。但是这个二十四岁的年轻人在五个月的失踪之后,结果是拖了他的身体到达印度……他活了下来,来说他的故事。但是不!他并没有说。"

他并没有说的个人经历,化为长诗《森林之魅——祭胡康河上的白骨》,由此诞生了中国现代诗史上直面战争与死亡的经典。这样的经典,已经而且还将继续对抗着各种形式的对历史的遗忘:"静静的,在那被遗忘的山坡上,/还下着密雨,还吹着细风,/没有人知道历史曾在此走过,/留下了英灵化入树干而滋生。"

二〇〇五年八月十日

像一面风旗,把住一些把不住的事体

鲁迅在一九三五年称冯至"是中国最为杰出的抒情诗人",这一判断基于的是冯至一九二七年出版的《昨日之歌》和一九二九年出版的《北游及其他》两个诗集里的作品,特别是后一种。而从一九三〇到一九四〇年间,冯至几乎没有诗作。在二十世纪三十年代前半段,他在德国学习,"听雅斯丕斯讲存在主义哲学,读基尔克戈尔特和尼采的著作,欣赏梵诃和高甘的绘画,以极大的兴趣诵读里尔克的诗歌,而自己却一首像样子的诗也写不出来"。一九三五年回国后,感受着中国混乱困苦的现实,"'写不出来'的情况依然继续着,我与文学好像已经失掉了关系"。到一九四一年,这个沉默期突然被打破,偶然写出一首变体的十四行,接下来就顺势而发。"这开端是偶然的,但是自己的内心里渐渐感到一个责任:有些体验,永远在我的脑海里再现,有些人物,我不断地从他们那里吸收养分,有些自然现象,它们给我许多启示:我为什么不给他们留下一些感谢的纪念呢?由于这个念头,于是从历史上不朽的精神到无名的村童农妇,从远方的千古的名城到山坡上的飞虫小草,从个人的一小段生活到许多人共同的遭遇,凡是和我的生命发生深切的关连的,对于每件事物我都写出一首诗:有时一天写出两三首,有时写出半首便搁浅了,过了一长久的时间才能完成。这样一共写了二十七首。到秋天生了一场大病,病后孑然一身,好像一无所有,但等到体力渐渐恢复,取出这二十七首诗重新整理誊录时,精神上感到一阵轻松,因为我完成了一个责任。"

也许就是在这长长的沉默期内,冯至完成了蜕变和转化,其实质就如以歌德为对象的第十三首最后两句所说:"万物都在享用你的那句名言,/它道破一切生的意义:'死和变。'"其情形恰如咏鼠曲草的第二首所说:"一切的形容、一切喧嚣/到你身边,有的就凋落,/有的化成了你的静默://这是你伟大的骄傲/却在你的否定里完成。"《十四行集》就是脱落旧皮、新生长出来的诗的躯体。多年来随时打开来读的里尔克的作品,逐渐地引领着冯至的诗,从早期的浪漫主义的情绪表露,蜕化为现代主义的沉思、凝想和对于世界的自觉担当。

《十四行集》里的叙述主体,是一个孤孤单单的个人,甚至孤单到如此的程度:在暴风雨夜的孤灯下,"我们在这小小的茅屋里/就是和我们用具的中间//也有了千里万里的距离"(第二一首)。可是这个个人不仅维护着自己的孤独,而且孜孜深化着自己的孤独。这种孤独,弥散着独自存在、独自去成就的勇气和高贵。用他自己在别处的话来说，就是，"人之可贵，不在于任情地哭笑，而在于怎样能加深自己的快乐，担当自己的痛苦"。然而，正像我们在里尔克身上所看到的那样，我们在《十四行集》里再次看到，这种生命体验的深刻的孤独，不是因为隔绝造成的（隔绝也没有能力造成生命体验的深刻孤独），因而这种孤独的主体也就不会有意把自身隔绝开来，恰恰相反，他所要做的却是最大限度地把自身敞开，自身向世界敞开，世界把自身充满。诗人把这样的存在意愿凝结成简洁然而恢弘的诗句："给我狭窄的心／一个大的宇宙！"（第二二首）在这样的祈求里面，既包含着独与天地相往还的宽阔、深邃的境界，也蕴蓄着"孑然一身担当着一个大宇宙"的责任和勇气。这样的人生态度必然渗透到诗艺，冯至也自然地从里尔克那里承接了一种可称之为敞开的诗艺，他说："'选择和拒绝'是许多诗人的态度，我们常听人说，这不是诗的材料，这不能入诗，但是里尔克回答，没有一事一物不能入诗，只要它是真实的存在者；一般人说，诗需要的是情感，但是里尔克说，情感是我们早已有了的，我们需要的是经验：这样的经验，像是佛家弟子，化身万物，尝遍众生的苦恼一般。"

化身万物的经验，在第十六首里得到了相当质朴的呈现——

我们站立在高高的山巅
化身为一望无边的远景,
化成面前的广漠的平原,
化成平原上交错的蹊径。

哪条路、哪道水,没有关联,
哪阵风、哪片云,没有呼应:
我们走过的城市、山川,
都化成了我们的生命。

我们的生长,我们的忧愁
是某某山坡的一棵松树,
是某某城上的一片浓雾;

我们随着风吹,随着水流,
化成平原上交错的蹊径,
化成蹊径上行人的生命。

  人与人、人与物、人与自然宇宙的交流、融合、关联、渗透、呼应,这一切之所以能够进行,能够被敏锐地感受着,那是因为这个人的自身敞开着,只有处于敞开的状态,他才可

以说:

> 我们准备着深深地领受
> 那些意想不到的奇迹,
> 在漫长的岁月里忽然有
> 彗星的出现,狂风乍起;
>
> 我们的生命在这一瞬间,
> 仿佛在第一次的拥抱里
> 过去的悲欢忽然在眼前
> 凝结成屹然不动的形体。

这是第一首的一二两节。在总计二十七首诗当中,它不是最早写出来的,却放在开篇的位置,实在是非常恰当的安排。对诗组自身,它像一个序幕,又暗含着对紧接在后面的诗章的统领性的力量;对于诗人自身,它是一种自我状态的揭示,又是对延续着过去而来的目下的状态趋于深广的期许;对于读者,它是一种提示、启发,又是不容思索地降临到你面前的一个"奇迹"。接下来,随着诗章的逐一展开,我们承受着这样那样的经验和事体,心灵和思想送往迎来,最后终于迎来了自身的成熟和意义。诗组的最后一首带有总结的性质,但更重要的是它呈现出了自身敞开所获得的各种经验化合后而成就的提升和开阔,几乎可以说,这是趋向于无限崇高的提升和无限旷远的开阔——

> 向何处安排我们的思,想?
> 但愿这些诗像一面风旗
> 把住一些把不住的事体。

这个比喻后来为人所取,称誉冯至的《十四行集》是"一面中国现代主义诗胜利的旗帜","影响了正在崛起的新一代诗人"。袁可嘉描述了当时他所身受的震撼:"一九四二年我在昆明西南联大新校舍垒泥为墙、铁皮护顶的教室里读到《十四行集》,心情振奋,仿佛目睹了一颗彗星的突现。"毫无疑问,在当时西南联大现代主义思潮和诗潮的热烈气氛中,《十四行集》的出现是件大事。在中国新诗史上,同样也是如此。

诗人写那些使他烦恼得几乎发疯的事

西南联大的那群年轻的学生诗人——马逢华、王佐良、叶华、沈季平、杜运燮、何达、杨周翰、陈时、周定一、罗寄一、郑敏、林蒲、赵瑞蕻、俞铭传、袁可嘉、秦泥、缪弘、穆旦等——当中,最杰出的就要数穆旦了。在穆旦的诗中,其实也能够感受到里尔克的影响,特别是在那些凝重、深思的品格比较强的诗作里,这种感受就更加明显。不过,构成影响主要成分的,还是英美现代诗。穆旦相当有意识地排斥传统、陈旧的意象、语言和诗风,自觉追求现代意识对于写作的完全融入,王佐良当时就在《一个中国诗人》的文章中指出,"他的最好的品质却全然是非中国的","穆旦的胜利却在他对于古代经典的彻底的无知";然而,与此相对,"最好的英国诗人就在穆旦的手指尖上,但他没有模仿,而且从来不借别人的声音歌唱"。他以"非中国"的形式和品质,表达的却是中国自身的现实和痛苦,他"最善于表达中国知识分子的受折磨又折磨人的心情"。这种奇异的对照构成了穆旦的"真正的谜"。

穆旦的第一个诗集《探险队》收了一首题为《还原作用》的短诗,全诗如下——

污泥里的猪梦见生了翅膀,
从天降生的渴望着飞扬,
当他醒来时悲痛地呼喊。

胸里燃烧着却不能起床,
跳蚤,耗子,在他的身上粘着:
你爱我吗?我爱你,他说。

八小时工作,挖成一颗空壳,
荡在尘网里,害怕把丝弄断,
蜘蛛嗅过了,知道没有用处。

他的安慰是求学时的朋友,
三月的花园怎么样盛开,
通信联起了一大片荒原。

那里看出了变形的枉然,
开始学习着在地上走步,

一切是无边的,无边的迟缓。

穆旦在七十年代中期与一个学诗的青年的通信中,对这首诗作了简明的解释:"青年人如陷入泥坑中的猪(而又自认为天鹅),必须忍住厌恶之感来谋生活,处处忍耐,把自己的理想都磨完了,由幻想是花园而变为一片荒原。"问题是,这样的现实感受和思想怎么以诗来表现呢?穆旦坦言是受了外国现代派的影响写成的,"其中没有'风花雪月',不用陈旧的形象或浪漫而模糊的意境来写它,而是用了'非诗意的'辞句写成诗。这种诗的难处,就是它没有现成的材料使用,每一首诗的思想,都得要作者去现找一种形象来表达;这样表达出的思想,比较新鲜而刺人"。

"非诗意的"性质不仅是诗句层面的问题,常常贯彻一首诗的里外。从根本上讲,这是源于自身经验的"非诗意"性。诗人在转达和呈现种种"非诗意的"现实经验的时候,是力求忠实于切身的个人经验,还是存心贴近或归顺于诗的传统与规范,这之间的分野必然导致相当不同的诗的品性。穆旦的追求,正是从他个人和他那一代人的实际经验出发,形成了他对于诗的观念并实践于创作中。他后来这样概括过他的这种自觉意识:"奥登说他要写他那一代人的历史经验,就是前人所未遇到过的独特经验。我由此引申一下,就是,诗应该写出'发现底惊异'。你对生活有特别的发现,这发现使你大吃一惊(因为不同于一般流行的看法,或出乎自己过去的意料之外),于是你把这种惊异之处写出来,其中或痛苦或喜悦,但写出之后,你心中如释重负,摆脱了生活给你的重压之感,这样,你就写成了一首有血肉的诗,而不是一首不关痛痒的人云亦云的诗。所以,在搜求诗的内容时,必须追究自己的生活,看其中有什么特别尖锐的感觉,一吐为快的。"

"追究自己的生活",忠实于"非诗意的"经验,写出"发现底惊异",从这一类的立场和取向来看,我们觉察到,诗的书写者力求把自我扩大成一个具有相当涵盖力和包容性的概念,自我充分敞开着,却又一直保持着独特的取舍标准和一己的感受性。经验居于诗的中心,成为诗的主体,因而必然导致诗的叙述成分大于抒情成分,甚至很多时候,抒情几乎完全被放逐了。以自我为中心的、封闭的抒情在现实经验面前一下子暴露出它的苍白、无力和可笑。也许并非完全出于无意,穆旦把一首明明放逐了传统抒情的诗称为抒情诗,它的完整标题是:《防空洞里的抒情诗》。这首诗描述了人们逃避飞机轰炸躲在防空洞里的种种琐碎的细节,特别以零星的对话推进,譬如:"他笑着,你不应该放过这个消遣的时机,/这是上海的申报,唉这五光十色的新闻,/让我们坐过去,那里有一线暗黄的光。"诗作者透过散漫、空洞的对话,仿佛窥见了精神和现实中的某种隐秘。以第二节为例,先是这样的闲谈:"谁知道农夫把什么种子洒在这土里?/我正在高楼上睡觉,一个说,我在洗澡。/你想最近的市价会有变动吗?府上是?/哦哦,改日一定拜访,我最近很忙。"这样的对话之后,紧接下来是诗作者的观察和感受——

> 寂静。他们像觉到了氧气的缺乏。
> 虽然地下是安全的。互相观望着:
> O黑色的脸,黑色的身子,黑色的手!
> 这时候我听见大风在阳光里
> 附在每个人的耳边吹出细细的呼唤,
> 从他的屋檐,从他的书页,从他的血里。

在零碎、断续、无意义的细节和对话中,竟然出现了相当戏剧化的情景:那个看报纸消遣的人"拉住我","这是不是你的好友,/她在上海的饭店结了婚,看看这启事"。而最突兀的还不是这种外在事实的戏剧化,相比之下,精神世界里的生死巨变更令人触目惊心,这首诗就是这样结束的——

> 胜利了,他说,打下几架敌机?
> 我笑,是我。

> 当人们回到家里，弹去青草和泥土，
> 从他们头上所编织的大网里，
> 我是独自走上了被炸毁的楼，
> 而发见我自己死在那儿
> 僵硬的，满脸上是欢笑，眼泪，和叹息。

在穆旦的诗中，我们特别容易感受到个人经验和时代内容的血肉交融，不仅是那些写战时一个民族共同经历的艰难困苦生活的诗作，而且在另外一些他特别擅长表现的以知识者个人精神历程的变化和内心挣扎为核心的诗作里，如《从空虚到充实》《蛇的诱惑》《玫瑰之歌》等，我们也能够强烈体会到属于一个时代的普遍的状况和特征。穆旦的老师燕卜荪结合自己的创作实践，对诗发表过这样的看法："诗人应该写那些真正使他烦恼的事，烦恼得几乎叫他发疯。……我的几首较好的诗都是以一个未解决的冲突为基础的。"在相当大的程度上，穆旦的诗也可以作如是观。而且，使个人烦恼得几乎发疯的事和未解决的冲突，往往也正是使一个民族和一个时代烦恼得发疯的事和未解决的冲突。而就从个人之于普遍的状况之间的联系这一点，又让我们想到艾略特著名的《阿尔弗瑞德·普鲁弗洛克的情歌》，穆旦后来不仅翻译过这首诗，还翻译了美国批评家克里恒斯·布鲁克斯和罗伯特·华伦合著的《了解诗歌》一书中对于这首诗的详细阐释，他们关于这首诗达成了这样的认识："是否这首诗只是一个性格素描，一个神经质'患者'的自嘲的暴露？或者它还有更多的含意？……归根到底这篇诗不是讲可怜的普鲁弗洛克的。他不过是普遍存在的一种病态的象征……"那么，由个人经验到时代的普遍象征，这个过渡是怎样完成的呢？对这个复杂的过程，穆旦作过十分简要的提示："首先要把自己扩充到时代那么大，然后再写自我，这样写出的作品就成了时代的作品。这作品和恩格斯所批评的'时代的传声筒'不同，因为它是具体的，有血有肉的了。"

穆旦是一个早慧的诗人，在西南联大，二十几岁的几年间，是他一生中创作最丰盛的时期，仅凭这一时期的诗作，就足以确立他在中国现代诗史上的突出位置。穆旦的诗提供了许多值得单独深入探讨的空间，譬如对于语言和经验之间的难以重合的现代敏感："静静地，我们拥抱在／用言语所能照明的世界里，／而那未成形的黑暗是可怕的，／那可能和不可能的使我们沉迷。"（《诗八首》之四）再如个人认知对时代集体性叙述的破坏及其之间错综复杂的关系，等等。而特别突出的，就是穆旦的诗深切地描述了敏感着现代经验的现代自我的种种不适、焦虑、折磨、分裂，这样一个现代自我的艰难的诞生和苦苦支撑，成就了穆旦诗的独特魅力和独特贡献。到一九四七年，他才三十岁，以一首《三十诞辰有感》总结自我生命的历程，我们也许会为其中这样的画像而深受震动——

> 在过去和未来两大黑暗间,以不断熄灭的
> 现在,举起了泥土,思想和荣耀,
> 你和我,和这可憎的一切的分野。

　　西南联大另一位重要的诗人郑敏,在许多年后,在纪念穆旦去世十周年的论文《诗人与矛盾》里,谈到过这首诗:"设想一个人走在钢索上,从青年到暮年。在索的一端是过去的黑暗,另一端是未来的黑暗……黑暗也许是邪恶的,但未来的黑暗是未知数,因此孕育希望、幻想、猜疑,充满了忐忑的心跳……关键在于现在的'不断熄灭',包含着不断再燃,否则,怎么能不断举起?这就是诗人的道路,走在熄灭和再燃的钢索上。绝望是深沉的:'而在每一刻的崩溃上,看见一个敌视的我,/枉然的挚爱和守卫,只有跟着向下碎落,/没有钢铁和巨石不在它的手里化为纤粉。'然而诗人毕竟走了下去,在这条充满危险和不安的钢索上,直到颓然倒下(一九七七年),遗憾的是,他并没有走近未来,未来对于他将永远是迷人的'黑暗'。"

"我的骨骼里树立着它永恒的姿态"

《悼念一棵枫树》是一九七三年写的,那时牛汉在湖北咸宁干校从事繁重的劳役,经常在泥泞的山间小路上弓着腰身拉七八百斤重的板车,浑身的骨头严重受损,睡觉翻身都困难。

牛汉是"七月派"的代表诗人,这个流派因胡风在抗战中创办的《七月》杂志而得名,是一个年轻的青年创作群体。一九五五年"胡风案"发生后,这个群体的成员遭受了集体性的严酷打击,牛汉自然不例外。在"文革"中的一九六九年九月到一九七四年末,牛汉下放到咸宁。咸宁的一座小山丘就成为《悼念一棵枫树》这首诗的"故乡"。"有一些诗,它们的出生和经历的坎坷的命运,我都一清二楚。作为作者的我与它们几乎是同体的生命。"

这首诗是怎么孕育和出生的呢?

那几年,劳动的间隙,牛汉常到村边的一座小山丘上,那里"立着一棵高大的枫树,我常常背靠它久久地坐着。我的疼痛的背脊贴着它结实而挺拔的躯干,弓形的背脊才得以慢慢地竖直起来。生命得到了支持"。牛汉的背脊到老年仍然没有弯曲，他觉得是这棵枫树"挺拔的躯干一直在支持着我，我的骨骼里树立着它永恒的姿态，血液里流淌着枫叶的火焰"。

枫树伟岸的姿态，它宽阔的掌形叶片映着阳光所燃起的赤忱的火焰，让牛汉感念不已。他几次写信给学木刻的儿子，让他来看望这棵枫树，把它的形象画下来。

"一天清晨，我听见一阵'嗞拉嗞拉'的声音，一声轰然倒下来的震响，使附近山野抖动了起来，随即闻到了一股浓重的枫香味。我直觉地觉得我那棵相依为命的枫树被伐倒了……我颓然地坐在深深的树坑边，失声痛哭了起来。村里的一个孩子莫名其妙地问我：'你丢失了什么这么伤心？我替你去找。'我回答不上来。我丢掉的谁也无法找回来。那几天我几乎失魂落魄，生命像被连根拔起，过了好几天，我写下了这首诗……我不能让它的伟大形象从天地间消失。我要把它重新树立在天地间。"

这首诗到一九八一年发表，引起强烈的反响。有人探讨这首诗的象征性、现实意义。可是牛汉说："我悼念的仅仅是天地间一棵高大的枫树。我确实没有象征的意图，我写的是实实在在的感触。这棵枫树的命运，在我的心目中，是巨大而神圣的一个形象，什么象征的词语对于它都是无力的，它不是为了象征什么才存在的。"

那么，这首诗，一棵被伐倒的枫树，为什么能够引起很多人内心的共鸣呢？"当然，血管里流出来的是热的红的血，当时身处绝境的我的心血里必然浸透着那段历史的痛楚和悲愤，我感同身受。"作者的感同身受，用语言表达出来，唤起了读者的感同身受。相比直接、朴素的描述，有意识地运用象征、影射等技巧，反倒可能不足以表达巨大的历史创痛和命运悲剧。

更值得去深思的问题是：为什么牛汉能够直接、朴素地去描述一棵树？为什么他能听到枫树倒下的声响，闻到枫树内部散发的芬芳，看到一圈圈年轮涌出的一圈圈泪珠？为什么他感受得到枫树的倒地，仿佛村边的山丘低下了头颅？难道他个人的困境和命运还不足以占满他的感官和心灵吗？他怎么可能这么全身心去感受一棵枫树——"仅仅是天地间一棵高大的枫树"？

就是在这个地方，诗人牛汉表现出特别珍贵的既承担命运重压、又接受命运洗礼的品质。一方面，巨大的灾难没有把他压垮；另一方面，"那时我失去了一切正常的生存条件，也可以说，卸去了一切世俗的因袭负担，我的身心许多年来没有如此单纯和素白。我感到难得的自在，对世界的感悟完整地只属于自己了，孤独的周围是空旷，是生命经过粉身碎骨的冲击和肢解之后获得的解脱，几乎有再生的喜悦。这种喜悦默默地隐藏在心里"。

这是生命的奇迹。在那样不堪的情境中，诗人恢复了身心的"单纯和素白"，获得了"对世界的完整感悟"，感受着孤独周围的空旷，隐藏着"再生的喜悦"。有了这样再生的生命，才可能用他的感官和心灵，去与一棵枫树相遇，与一棵高大的枫树被伐倒的命运相遇。

　　读《悼念一棵枫树》，最好同时读诗人为这首诗写的《一首诗的故乡》。上面的引文，就出自这篇短文。

二〇〇五年八月二十日

冬日的大海和诗歌

大连的雪使得机场关闭,从四面八方赶赴"2000年中国当代诗歌研讨会"的人,大多被阻滞了六七个小时,圣诞之夜的音乐会错过了。可是当他们终于在夜晚汇聚到一起,那种什么样的牢骚和抱怨也掩盖不了的兴奋,自然地洋溢开来。

世纪转折关口,时间的意识变成了醒目的言语。李欧梵先生在发言的一开始就采取本雅明的说法阐明自己关注的重心:我们是被时代逼着往前走,可是我自己是往后看。

你最好不要把"往后看"和"往前走"对立起来,其实你一定不难想象这样的情景:"往前走"的同时——"往后看"。

也许正是出于这样的意识,我特别感动于两位有六十年写作经历的诗人:郑敏先生和牛汉先生。

那个西南联大哲学系的女生,当年写出了《金黄的稻束》和《寂寞》的年轻诗人,如今八十岁了,她恳切地做着这样的反思:自从为了解放个人的自由心灵而提出文学的主体性后,中国新诗在这方面走过了一段很长的道路,将主观(主体)与客观（客体）、个人与群体相对立的情感成为一部分年轻诗人创作的动力，这种切断主客对话、个人与群体互动的倾向，使得很多诗人陷入狭窄的二元对抗思维，其中心就是一个无边膨胀的"我"，往往盲目自封，脱离自然万物和社会中各种力量的活泼运转（我想到《寂寞》的结句："生命原来是一条滚滚的河流。"）。诗和音乐艺术都是需要我们用谦逊、虔诚来叩门的，在诗歌面前狂傲者必受惩罚。

牛汉，这个有着蒙古血统的高大的诗人，讲了这样一件事：几年前，北京的一个诗会，他骑自行车，转地铁，赶过去，会议已经开始了。有人说，牛汉，你怎么还这么自高自大。本来已经坐下的他一下子又站了起来，说：我自己长这么高，自己长这么大。一九七二年，在湖北咸宁劳动的牛汉写了一首《半棵树》，"它是被二月的一次雷电/从树尖到树根/齐楂楂劈掉了半边"，可是这半棵树，"还是一整棵树那样高/还是一整棵树那样伟岸"。写《半棵树》时，这个高大的汉子哭了好几天。

在北方的冬天，你才能看到这样的海：海水是近乎黑色的，海面上冒着滚滚不息的白气，像起伏着的白色浪涛。因为海水内部的温度高于海面，所以会有无边的热气冒上来。岸上是积雪，是正在下着的雪，正在刮着的风。这风，一会儿就把人脸吹麻木。站在这样的海边，牛汉说，多棒啊。合影的时候，牛汉说，我太高了。

站在这样的海边,我想起以前读到的他的话——

"加拿大有一位女诗人安妮·埃拜尔(Anne Hebert),写了一首诗,说她是一个瘦骨嶙峋的女孩,有美丽的骨头。我为她这一行诗流了泪……我的身高有一米九十,像我家乡的一棵高粱。我也是一个瘦骨嶙峋的人,我的骨头不仅美丽,而且很高尚……是我的骨头怜悯我,保护我……当我艰难跋涉在人生逆旅途中,听见我的几千根大大小小的骨头在咯吱咯吱地咬着牙关,为我承受厄运。谢天谢地,谢谢我的骨头,谢谢我的诗……由于劳役,我的手心有不少坚硬的茧子,还有许多深深浅浅的疤痕。几十年来,我就是用这双时刻都在隐隐作痛的手写着诗,写一行诗一个字都在痛……我以为我比别人还多了一种感觉器官,这器官就是我的骨头,以及皮肤上心灵上的伤疤,这些伤疤,有如小小的隆起的坟堆,里面埋着我不甘幻灭的诗和梦。"

站在这样的海边,我想起年轻的郑敏《读 Selige Sehnsucht 后》里的诗句——

> 在看得见的现在里包含着
> 每一个看不见了的过去。
> 从所有的"过去"里才
> 孵化出最高的超越

我们高立在山岩上看海潮的卷来：
在那移动的一线白色之后，
却是整个海的力量。

二〇〇一年一月三日

棕榈之死

二十世纪八十年代末,于坚写过一首短诗,叫《阳光下的棕榈树》,诗中写棕榈的叶子——"那些绿色的手指"——"在抚摩大理石一样光滑的阳光","像朝圣者那样环绕它,靠近它";紧接着,诗在"我"和棕榈、阳光之间建立起密切的精神联系,并以此结束全诗:"修长的手指 希腊式的手指/抚摩我/使我的灵魂像阳光一样上升。"

可是,没过多久,到一九九五年,于坚又写了《事件:棕榈之死》。这期间究竟发生了些什么?棕榈之死的事件是怎么发生的?它透露出什么样的时代变化的信息?它同时透露出诗人对时代变化的哪些方面的观察、感受和反省?所有这些又是通过怎样的诗艺呈现出来的?

诗的第一句就表明了时间:"十年前我初次见它。"那是在旧昆明的下午,阳光"经过复杂的折射"照到它,"大约一分钟 整个街区 只有它处于光辉之中"——

> 一刹那我灵魂出窍　一个词在我的感官中复活
> 哦　这是一株棕榈树

阳光、棕榈和个人灵魂之间的关联很自然地让我们联想到一九八九年的《阳光下的棕榈树》，然而与那首短诗明显不同的是，这里特别详细地描述了这棵棕榈树的生存环境，用诗作者更喜欢的说法，是它的存在现场。阳光为什么要经过复杂的折射才能照到它"一分钟"？它生长在街区之中，"在水泥板块和玻璃钢的岩屋之间"，它是：

> 木料和电线杆中的唯一的一棵树

比这孤单的情势更为严重的是，在人们的意识和语言里，它甚至连一棵树也不是——

> 词汇贫乏的街区　说来说去就是那几串熟语
> 我天天路过这根木桩　三十年来
> 没有看见棕榈
> 没有谈到 zong lü 这个音节

就像诗里说到的那样，它成了一根"木桩"，成了有用的

"木料"：悬挂标志，晾晒衣物，"让疾病张贴广告"——反讽的是，"它因此　得以避免致命的伤害"。

在这样的环境中，这棵棕榈树的生存只能是在人的视野和世界之外，在人的意识和语言的黑暗中——

> 它的根部已被水泥包围　只留下一个洞
> 供它的根钻下去　在世界之外　在黑暗中
> 秘密地与它的源头　保持沟通
> 犹如一部落伍的手摇电话机
> 孤独地穿过水管和煤气管　坚持着陈旧的线路
> 世界的号码早已升位　它的密码只有上帝保存
> 上帝是它的接线员　也是它的终端

即使这样地存在着，也终有一天会遭遇毁灭。因为世界在发展，要求上进的街区，"革命已成为居民的传统/天天向上　破旧立新　跟着时代前进/这是后生的愿望　长辈的共识"，而"固执于过时的木纹　与环境格格不入"，其命运似乎只有毁灭一途——

> 那一天新的购物中心破土动工　领导剪彩　群众围观
> 在众目睽睽之下　工人砍倒了这棵棕榈

当时我正在午餐　吃完了米饭　喝着菠菜汤

　　睡意昏昏中　我偶然瞥见　它已被挖出来　地面上一个大坑

　　它的根部翘向天空　叶子四散　已看不出它和木料的区别

　　随后又锯成三段　以便进一步劈成烧柴

　　推土机开上去　托起一堆杂石

　　填掉了旧世纪最后的遗址

　　值得注意的是，棕榈之死并不是多么令人惊动的事件，它不过是发生在日常生活中、发生在吃饭和昏睡时的小事罢了——甚至连小事也不是，因为根本就没有被意识到。那么，很自然，它不会引起普遍的情感反应和思想反应。

　　但是诗人把它醒目地标明为"事件"，并由此来透视时代的变化和人的普遍意识的盲区。当时代没有反省、没有制衡地追求"发展""前进""刷新"，并且诸如此类的观念成为个人无力反驳和避开的社会意识形态的时候，那些被忽视、被遮蔽、被牺牲和毁灭的人、事、物及其与之相联的一切，谁来关注他们/它们呢？——诗人称之为"事件"，诗把这样的"事件"呈现出来。

　　那么，在这个"事件"中，棕榈代表了什么？

在差不多写于同一时期的诗学片段《棕皮手记·从隐喻后退》中，于坚强调诗要摆脱言此意彼的隐喻传统，"一个声音，它指一棵树。这个声音就是这棵树。shu！（树）这个声音说的是，这棵树在。……在我们的时代，一个诗人，要说出树是极为困难的。shu已经被隐喻遮蔽"。在《事件：棕榈之死》中，棕榈就是棕榈，诗中说"一个词在我的感官中复活/哦　这是一株棕榈树"也正有这样的意思。不需要隐喻和象征什么，日常生活中一棵具体的、有生命的棕榈树的死本身就足以构成一个"事件"了。

另一方面，从隐喻后退的棕榈并不是一个空洞的、没有任何关系的存在，诗本身也没有把棕榈之死处理成一个孤立的、没有内涵的"事件"，相反，诗中着力呈现的棕榈的存在现场，在在揭示出这一"事件"与时代之间的复杂却又是那么直接的关系，而"我"的观察、感受，乃至于把这一切编织在一起叙述出来的写诗行为本身，都显露了个人对他身处其中的历史传统、现实境遇、普遍观念的反省和质疑。

二〇〇一年三月十一日

《中国新诗：1916—2000》编选小序

起意编一本《二十世纪中国新诗选》，其中一个原因，是觉得已有的一些选本为了追求全面，入选的诗人过多，有诗名的选多选少总得选吧，这样下来的一个结果，好像是点人头，追求全面差不多变成了全面照顾，漏了谁都不太好。从好的方面讲，此类的选本比较尊重文学史的实际情形，尊重尽可能多的诗人的劳动和成绩，毕竟近一个世纪以来我们是有那么多的人在写诗，选本岂可轻易编排进某些人的作品，而排斥另外一些人及其作品？

但这样一来，一般的读者拿起一本诗选，就觉得不大容易找到头绪了，这么多的诗人，每人入选作品的数量没有多少差别，字面上混成一片，弄不好读着读着脑子里也混成了一片。从这样的读者立场出发，无论如何选本还是得狠点心去"选"，能够选到让读者眼亮心明的程度最好。

跟前的这本《中国新诗：1916—2000》，也做不到让人心明眼亮的程度，却是把这当成一个目标的。其中共选编了六十几位诗人的二百余首作品，这样一个自控的规模，显然不可能面面俱到——岂止如此，选本甚至遗漏了一些曾经产生过不少影响的诗人及其作品。由此可以对这个选本进行挑剔。但是我也听到了来自相反方向的挑剔：有几位朋友看了目录之后说，还不够狠心，还可以再减少几个人，再减少一些作品，再精些。可商讨的地方当然不仅仅就这一个方面，譬如，单就入选者的作品数量而言，互相之间显然也不那么"平衡"，谁谁谁是不是选得太多了，谁谁谁选得太少了？从作品本身来考虑，是不是可以用另外一首替换下这一首更好些？

其实可以提出更多的问题。这表明，每一个提出问题的人都有一本自己心目中的诗选，它们之间存在着程度不同的差异和分歧，甚至是根本的对立。根据不同的情况，可以对眼前的这本诗选进行增删改动，乃至另起炉灶，以完成个人心目中的诗选。我倾向于用这种态度和方式来解决差异、分歧和对立，而不是大家非要达成"共识"不可。各个单独的存在之间，可以通过"对话"来沟通，但不可有以此代彼的霸道，同时也决不可屈从于统一的意志。这是我为眼前的这本诗选辩护的一个理由。

所选的诗作，无疑应该还原到它们所从中产生的时代和文学史背景里去理解；以近一个世纪为时间跨度的选本，无疑也应该通过作品反映基本的文学史情形。在这一取向上，这个选本显然也有它的追求。但是，这个追求的愿望不可太强烈，文学史的要求必须有一定的限制，在要求今天的读者尊重文学史因素的同时,也必须尊重读者今天的欣赏趣味和判断标准。也就是说,不能仅仅要求读者走进文学史,我以为,比这更重要的,是让文学史上的优秀作品走进今天的读者中。如果一定要追问这本诗选的编选宗旨的话,这当是很重要的一点。毕竟这是一部作品选,而不是文学史的作品编年一类的东西,而且,这部诗选预想的是尽可能广泛的读者,而不是要为文学史负责的专家和某些圈子内的读者。

那么,什么是判断作品本身优秀与否的标准呢?什么是今天的读者的欣赏趣味呢?显然,不可能存在一个斩钉截铁的标准和整齐划一的趣味。这个选本有意识地瓦解一段时期内所谓的诗史"主流"的观念和此一观念统摄下的作品"定位""排序",同时也有意识地不以另一种单一的观念和趣味取而代之,虽然带有编选者个人的主观倾向,还是想尽可能地呈现出多元的诗观和诗作面貌。

也正是从呈现多元诗观的意图出发,选诗的同时还选录了一些相关的文字,或为他人的评论与描述,或为诗人的自我揭示与剖露。统合起来,这些文字未尝不可以看成一部扼要的诗论选。这些与诗相关联的文字,像诗作之间存在沟通、差异一样,它们之间也存在着彼此呼应和种种不一致,集合在一起,确有"众声喧哗"的效果。希望此种简明的选录方式,不仅能够为读者提供阅读理解的参照,而且能够开拓阅读和理解的空间。这许多种声音，自然会有助于克服某一种或几种单调的声音对阅读和理解的可能性的有意无意的限制。

这里还需要说明一下选本的编排顺序：同一作者的诗作，按写作时间先后顺序排列在一起；作者的先后，对应于入选的最早一首作品的写作时间的先后。大致上，这与文学史的发生序列相符。编者曾经想标明每一首作品的写作时间，后来发现很难做到，但还是有意识地做了一些努力。请有心的人注意作品篇末那些写作（而不是发表）的时间。

在持续时间不能算短的选编过程中，我也持续地接受着来自师友的鼓励和实际帮助，对于我，这其实早已成为日常经验中重要的部分，这一项具体的工作，又把这一重要的部分具体化了。我同时以为，如果把这仅仅看成是对我个人的支持，我就太狭隘太自以为是了，至少它是对一件事情的支持，这一件事情的意义，其中很重要的一点就是以中国新诗为中心联结、汇聚起许许多多的个人，这本诗选也正是献给许许多多的个人的。

"我们空空听过一夜风声，/空看了一天的草黄叶红，//向何处安排我们的思、想？/但愿这些诗像一面风旗/把住一些把不住的事体。"

二〇〇一年四月

卷四 诗歌笔记（二）

刘半农《教我如何不想他》

> 枯树在冷风里摇,
> 野火在暮色中烧。
> 啊!
> 西天还有些儿残霞,
> 教我如何不想他?

上引为《教我如何不想他》最后一节。这首诗也是一首歌,曲为赵元任所作,传唱久远。

赵元任的太太杨步伟写过一本很有意思的书,叫《杂记赵家》,其中一段说到《教我如何不想他》。她在北平女子大学教体育系的生理和解剖学那一时期:"在我班里有一个学生终日爱唱《教我如何不想他》的歌。有一天派了刘半农来长女大,大家学生看见他穿了一件中国蓝棉袍子,学生们偷偷说听说刘是个很风雅的文人,怎么这样一个土老头,我听见了就对她们说,你们有的人一天到晚唱他写的《教我如何不想他》的歌,这就是那个他呀!大家哄起来说,这个人不像么,那歌不是赵先生写的吗?我说曲是赵先生作的,词是刘先生写的。以后不知怎么传到刘知道了,他就又写了一首词:

> 教我如何不想他,
> 请来共饮一杯茶。
> 原来如此一老叟,
> 教我如何再想他?"

"原来如此一老叟"去世时也只不过四十三岁,赵元任作《刘半农先生挽辞》,写的是:

> 十载凑双簧,无词今后难成曲;
> 数人弱一个,教我如何不想他。

"数人"说的是,"他(刘半农)在民国十四年发起了数人会,我们和钱玄同,黎劭西,汪一庵,林语堂六个人每星期聚会谈论国际音标用法原则,国语罗马字拼音法式等等问题"。这是赵元任在《刘半农先生》一文中的回忆。赵元任说:"刘半农这个人名,我起初只认为是新诗人当中对于音调上写得特别流利的一个作家……忽然听见有大规模的《四声实验录》出世，于是才知道风趣文人的刘半农，也是卖气力硬干的语音实验家的刘复。"他说，"半农的诗调往往好像已经带了音乐的'swing'在里头"，《教我如何不想他》正是一个恰当而突出的例子。

冰心《繁星》第七五首

父亲呵!
出来坐在月明里,
　我要听你说你的海。

废名在《谈新诗》里说:"这首小诗,却是写得最完全,将大海与月明都装得下去,好像没有什么漏网的了。我想凡对于冰心女士的作品有点熟悉的人可以同意于我这句话。"

冰心的诗文里常常写到海,散发着到海的气息。她有一首《安慰》,说:

二十年的海上,
　我呼吸着海风——
我的女儿!
　你文字中
　怎能不带些海的气息!

在废名看来,"另外有几首诗也是直接说海的,但都不及'出来坐在月明里,/我要听你说你的海'写得干净无遗。像这样的诗乃是纯粹的诗,是诗的写法而不是散文的写法,表现着作者的个性,而又有诗的普遍性了"。相比较而言,《繁星》第一三一首:

> 大海呵,
> 　哪一颗星没有光?
> 　哪一朵花没有香?
> 　哪一次我的思潮里
> 　　没有你波涛的清响?

"这首也可以说是诗的写法,作者将诗情变幻了一下,要从一颗星的光和一朵花的香问着海,但海的清响反而不在这一首诗里,好像在那一首月明里,这真有点古怪了。"最后一句,"也不能算是诗句","还太是散文的写法了"。又如《春水》第一○五首:

> 造物者——
> 　倘若在永久的生命中

只容有一次极乐的应许,

我要至诚地求着:

"我在母亲的怀里,

母亲在小舟里,

小舟在月明的大海里。"

"最后三行岂不很好?"前面的"造物者……至诚地求着","乃不是诗的写法而是散文的写法了"。

闻一多《闻一多先生的书桌》

> 主人咬着烟斗迷迷的笑,
>
> "一切的众生应该各安其位。
>
> 我何曾有意的糟蹋你们,
>
> 秩序不在我的能力之内。"

闻一多是杰出的诗人和学者,性格强烈坚毅,却也是个充满幽默感的人。朱自清说:"他的认识古代,有时也靠着这种幽默感。看《匡斋尺牍》里《狼跋》一篇,便知道他能够体会到别人从不曾体会到的古人的幽默感。而所谓'匡斋'本于匡衡说诗解人颐那句话,正是幽默的意思。他的《死水》里《闻一多先生的书桌》,也是一首难得的幽默的诗。"

闻一多写自己的书桌之乱,到了群怨沸腾的地步,墨盒、字典、信笺、钢笔、毛笔、铅笔、香炉、大钢表、稿纸、笔洗、墨水壶,还有桌子,都同声骂道:"生活若果是这般的狼狈,/倒还不如没有生活的好!"主人的反应是"咬着烟斗迷迷的笑",

然后说，"秩序不在我的能力之内"。

闻一多的形象，在很长一段时间里，被塑造得有些单一和僵硬。其实他是个非常有魅力的人，多才而风趣。

闻一多从美国学习绘画回来，在北京觅屋安家，房间装饰布置得出人意料，徐志摩在为《晨报副刊》的专刊《诗镌》撰写发刊词还专门介绍，因为那里是一群年轻诗人聚会的地方："他把墙壁涂成一体墨黑，狭狭的给镶上金边，像一个裸体的非洲女子手臂上脚踝上套着细金圈似的情调。有一间屋子朝外壁上挖出一个方形的神龛，供着的，不消说，当然是米鲁薇纳丝一类的雕像。他的那个也够尺外高，石色黄澄澄的像蒸熟的糯米，衬着一体黑的背景，别饶一种淡远的梦趣，看了叫人想起一片倦阳中的荒芜的草原，有几条牛尾几个羊头在草丛中掉动。这是他的客室。那边一间是他做工的屋子，基角上支着画架，壁上挂着几幅油色不曾干的画。屋子极小，但你在屋里觉不出你的身子大；戴金圈上的黑公主有些杀伐气，但她不至于吓瘪你的灵性；裸体的女神（她屈着一支腿挽着往下沉的亵衣），免不了几分引诱性，但她决不容许你逾分的妄想。白天有太阳进来，黑壁上也沾着光；晚快黑影进来，屋子里仿佛有梅斐士滔佛利士的踪迹；夜间黑影与灯光交斗，幻出种种不成形的怪象。"

汪曾祺回忆他在西南联大听闻一多讲课，传其风采，令人神往。《楚辞》课上,"闻先生点燃烟斗,我们能抽烟也点着了烟(闻先生的课可以抽烟的),闻先生打开笔记,开讲:痛饮酒,熟读《离骚》,乃可以为名士"。闻先生教古代神话,引得工学院的同学穿过一座昆明城来旁听,"伏羲女娲,本来是相当枯燥的课题,但听闻先生讲课让人感到一种美,思想的美,逻辑的美,才华的美。听这样的课,穿一座城,也值得"。还有唐诗课:"能够像闻先生那样讲唐诗的,并世无第二人……他把晚唐诗和后期印象派的画联系起来。讲李贺,同时讲到印象派里的 pointilism(点画派)。说点画看起来只是不同颜色的点,这些点似乎不相连属,但凝视之,则可感觉到点与点之间的内在联系。这样讲唐诗,必须本人既是诗人,也是画家,有谁能办到?"(《闻一多先生上课》)

徐志摩《再别康桥》

轻轻的我走了,

　　正如我轻轻的来；

我轻轻的招手,

　　作别西天的云彩。

徐志摩一九二一年春天入英国剑桥大学,次年八月回国,写了一首诗,题为《康桥再会吧》。一九二八年,徐志摩赴欧洲旅行,重回剑桥,离开之后不久就写了著名的《再别康桥》。

徐志摩一九二六年写过一篇散文《我所知道的康桥》,可以与《再别康桥》参照着阅读。他说:"康桥的灵性全在一条河上；康河,我敢说是全世界最秀丽的一条水。"《再别康桥》的诗情画意,正是以康河为中心的。"上下河分界处有一个坝筑,水流急得很,在星光下听水声,听近村晚钟声,听河畔倦牛刍草声,是我康桥经验中最神秘的一种:大自然的优美、宁静,调谐在这星光与波光的默契中不期然的淹入了你的性灵。"

寻梦？撑一支长篙，
　向青草更青处漫溯，
满载一船星辉，
　在星辉斑斓里放歌。

其实这撑船的技术诗人并没有掌握，"我手脚太蠢，始终不曾学会。你初起手尝试时，容易把船身横住在河中，东颠西撞的狼狈。英国人是不轻易开口笑人的，但是小心他们不出声的皱眉！也不知有多少次河中本来悠闲的秩序叫我这莽撞的外行给捣乱了。我真的始终不曾学会；每回我不服输跑去租船再试的时候，有一个白胡子的船家往往带讥讽的对我说：'先生，这撑船费劲，天热累人，还是拿个薄皮舟溜溜吧！'我哪里肯听话，长篙子一点就把船撑了开去，结果还是把河身一段段地腰斩了去"。

康桥的生活让诗人明白，亲近自然才能健康："为医治我们当前生活的枯窘，只要'不完全遗忘自然'一张轻淡的药方我们的病象就有缓和的希望。在青草里打几个滚，到海水里洗几次浴，到高处去看几次朝霞与晚照——你肩背上的负担就会轻松了去的。"

徐志摩对康桥的无限柔情，当然不只是和自然亲近这一面的，要丰富得多。他在一九二六年还写过一篇文章，叫《吸烟与文化（牛津）》，其中有这样一段："我在康桥的日子可真是享福，深怕这辈子再也得不到那样甜蜜的机会了。我不敢说康桥给了我多少学问或是教会了我什么。我不敢说受了康桥的洗礼，一个人就会变气息，脱凡胎。我敢说的只是——就我个人说，我的眼是康桥教我睁的，我的求知欲是康桥给我拨动的，我的自我的意识是康桥给我胚胎的。"

剑桥来去，诗人用的词是"轻轻"和"悄悄"。剑桥的美，偏向阴柔，女性化，半个世纪之后金耀基写剑桥，道出非得"轻轻"和"悄悄"不可的秘密："设若你不能轻轻地悄悄地去寻觅，你可能到了她的门口还不懂剑桥的秀名来自何处。剑桥的调子是轻柔的、徐缓的，她不稀罕你赞美，她大方高贵中还带几分羞涩。她不太高兴观光客的骚扰，她只欢迎旧雨新知的来临。在云淡风轻的午天，在夕阳初斜的傍晚，从容地踱进三一学院伟大的方庭，小立在克莱亚学院的桥头，仁看插入云层的国王学院的尖塔，再倾听三一学院礼拜堂发出华兹华斯描写的'一响是男的，一响是女的'奇妙钟声，那么，你算是会遇见了剑桥，拥有了一刻即是永恒的精神世界了！"（《从剑桥到牛津》）

林徽因《古城春景》

时代把握不住时代自己的烦恼,——
轻率的不满,就不叫它这时代牢骚——
偏又流成愤怨,聚一堆黑色的浓烟
喷出烟囱,那蠹立的新观念,在古城楼对面!

当代女诗人翟永明说:"我心目中的林徽因,是现代新诗中的第一人,当然文学史和评论家不一定这样看。当年我偶然在一本杂志上看到她二十八岁时写的一首诗《别丢掉》(那几乎也是二十多年前的事了),让我非常喜欢,也让我记住了她的名字。那时我甚至不知道她跟建筑有什么关系,我仅仅把她看成一个诗人。'叹息似的渺茫,/你仍要保存着那真''玲珑的生从容的死'这样的句子、《九十九度中》这样的小说、《窗子以外》这样的散文,都与她同时代的诗人们的矫情写作如此不同,更让我注意。也许正由于学工程出身,她的诗,包括小说,都体现出一种刚烈、克制,和明朗、大气,全然没有那一辈新文艺

作家所盛行的颓迷滥情之做作。"(《林徽因在李庄》)

《别丢掉》一诗是一九三二年写的，如下：

别丢掉
这一把过往的热情，
现在流水似的，
轻轻
在幽冷的山泉底，
在黑夜　在松林，
叹息似的渺茫，
你仍要保存着那真！
一样是月明，
一样是隔山灯火，
满天的星，
只使人不见，
梦似的挂起，
你问黑夜要回
那一句话——你仍得相信
山谷中留着
有那回音！

秀外慧中，一代才女，这似乎是最容易用到林徽因身上的词了。可是在中国的词汇所散发的复杂信息里，才子、才女的"才"，除了直接表面的意思，还总是特别容易与浪漫的、反常规的想象联系在一起，同时排斥日常性的、平实的联想。说林徽因是才女，它的意思肯定不是说林徽因是一个在艰难困苦中做了大量工作的人。但是如果没有这一面，就没有作为建筑学家的林徽因及其在此领域的重要贡献。而在这一领域，除了铭记她不凡的成就，还应该铭记另一面的历史。林徽因的儿子梁从诫说得好，"在古建筑的研究和保护工作中，人们应当知道的，也许还不只是她的成功，而更是她的那些重大的失败"。当年她和梁思成等同道竭力想要把古城北京作为一个"活的博物馆"保存下来，却在"矗立的新观念"面前徒劳抗争，节节败退，后来在关于北京古城墙存废问题的争论中终告彻底失败。她留下这样一句话："有一天，他们后悔了，想再盖，也只能盖个假古董了。"

"矗立的新观念"是林徽因自己的概括，早在一九三七年，它就令人不安地出现在《古城春景》的短诗当中。在这里，"矗立的新观念"有一个突兀的形象：喷着浓烟的烟囱。它释放出追求工业文明和现代性实验的巨大力量，这种力量可不在乎传统不传统，文化不文化。在这种怪物似的力量的比照之下，林徽因对"建筑意"——她自己造出来的一个词——的沉浸和维持，不仅不合时宜，而且分明是逆历史潮流而动了。于她自己，势不得不如此。在一九三二年的《平郊建筑杂录》里，她不禁写道："无论哪一个巍峨的古城楼，或一角倾颓的殿基的灵魂里，无形中都在诉说，乃至于歌唱，时间上漫不可信的变迁；由温雅的儿女佳话，到流血成渠的杀戮。……眼睛在接触人的智力和生活所产生的一个结构，在光影恰恰可人中，和谐的轮廓，披着风露所赐与的层层生动的色彩；潜意识里更有'眼看他起高楼，眼看他楼塌了'凭吊兴衰的感慨；偶然更发现一片，只要一片，极精致的雕纹，一位不知名匠师的手笔，请问那时锐感，即不叫他做'建筑意'，我们也得要临时给他制造个同样狂妄的名词，是不？"

废名《妆台》

因为梦里梦见我是个镜子，

沉在海里他将也是个镜子，

一位女郎拾去，

她将放上她的妆台。

因为此地是妆台，

不可有悲哀。

废名二十世纪三十年代在北京大学讲新诗，后来讲义出版，就是《谈新诗》这本书。最初编讲义的时候，就"有把我自己的诗也讲它一章的意思"，但还是没有讲；多年后续写四章，终于选了自己的七首诗来讲。他说："我觉得我是能够天下为公的。"很有意思。

关于《妆台》，他说："这首诗，首先是林庚替我选的。那时是民国二十年，我忽然写了许多诗，送给朋友们看。有一天有一人提议，把大家的诗，一人选一首，拿来出一本集子，问我选哪一首。我不能作答，不能说哪一首最好。换一句话说，最好的总不止一首，不能割爱了。林庚从旁说，他替我选了一首《妆台》。他的话大出我的意外，我心里认为我的最好的诗没有《妆台》。然而我连忙承认他的话。这首诗我写得非常之快，只有一二分钟便写好的。当时我忽然有一个感觉，我确实是一个镜子，而且不惜于投海，那么投了海镜子是不会淹死的，正好给一女郎拾去。往下便自然吟成了。两个'因为'，非常之不能做作，来得甚有势力。'因为此地是妆台，不可有悲哀'，本是我写《桥》时的哲学，女子是不可以哭的，哭便不好看，只有小孩子哭很有趣。所以本意在《妆台》上只注重一个'美'字，林庚或未注意及此，他大约觉得这首诗很悲哀了。我自己如今读之，仿佛也只是感得'此地是妆台，不可有悲哀'之悲哀了。其所以悲哀之故，仿佛女郎不认得这镜子是谁似的。奇怪，在作诗时只注意到照镜子时应该有一个'美'字。"

林庚《破晓》

　　破晓中天旁的水声
　　深山中老虎的眼睛
　　在鱼白的窗外鸟唱
　　如一曲初春的解冻歌
　　（冥冥的广漠里的心）
　　温柔的冰裂的声音
　　自北极像一首歌
　　在梦中隐隐的传来了
　　如人间第一次的诞生

　　林庚是著名的《楚辞》和唐诗学者，文学史家，也一直是诗人。《破晓》这首诗写于三十年代早期。

　　"如人间第一次的诞生"是最后一句，这一句是怎么从冥冥中被"呼唤"出来的呢？

　　在《甘苦》一文里，林庚自述这首诗的"诞生"历程：

他在清华大学当助教时,每天早晨都有号兵吹响升旗号,简单的乐器也能发出"缠绵和美的声调",也让人联想到"悲笳"两个字。一天早晨,他在梦中隐约听见悠扬的号声,醒来窗外还是鱼肚白色,依稀的暗影在眼前掠过,在许多幻想和说不出的情绪中,写了一首诗:

> 破晓中天旁的水声
> 深山中老虎的眼睛
> 如一卷迷濛的古代的画
> 帐幔子上的衣影消失去
> 在鱼白的窗外鸟唱
> 如一曲初春的解冻歌
>
> 远远无人的城楼上
> 第一个号兵
> 吹起清脆的羌管

写好后,心里知道没有问题的只有前面两句,其余都还得斟酌。

"最初改的是觉到第二段太弱;虽然很清新,他力量远不如前面;且在整个浑然的气息下,总觉得尾巴太小似的。……于是因总惦记着,便有一天又在同样的情形下醒来;我在床上想了半天仍没有结果,后来索性起来,披了大衣走到院中去。经过礼堂前,经过桥与山,经过操场,我一个人影都看不见,大地茫茫,晓色仍是蒙蒙地如在雾中;我这时忽然有一种无人知道的广漠博大的感受,我看看那些宿舍中大约不久渐有人要起来了,我觉得自己仿佛是站在这世界初开辟的第一个早晨里,一切都等待着起来。"

于是,在鱼白的窗下改成下面的诗:

> 破晓中天旁的水声
> 深山中老虎的眼睛
> 如一卷迷濛的古代的画
> 鱼白的窗外鸟唱
> 如一曲初春的解冻歌
> (冥冥的广漠里的心)
> 温柔的冰裂的声音
> 自北极像一首歌
> 在梦中隐隐的传来了
> 步哨的第一个号兵
> 吹起了清脆的羌管

不久诗人又把最后的两句去掉,把"帐幔子上的衣影消失去"重新添上,"这原因是因为我开始觉得写吹号实是多余,从'冥冥的广漠里的心'起其实是已整个的有着比号声更内在的力量了;再写号声反而折磨了前面的四句"。

诗刊登了出来,诗人还是"不甘心"。"我总觉得'如一卷迷濛的古代的画'使诗变弱了似的,因为'深山中老虎的眼睛'已够人想起一幅迷濛的画了;尤其是像这样带点形容意味的句子,更容易把原有的气象限制住。我深爱这头两句,因为在这两句里有一个天翻地覆的力量;当深夜时,我们一切山河大地都看不见了;这时做主人翁的,在天上是晶莹的星辰,在山中则是老虎的眼睛;这两只如火的眼睛在一个无边的夜里,将是如何一个有威严的力量啊。然而当破晓来时,山河在模糊中渐渐有了影子,我们开始知道而且隐约可以看到远处是什么地方了;大地是无垠的,茫茫的长河带着水声横在天旁;而山谷绵延也渐历历可见。这时天上的星辰乃渐消淡无色,老虎的眼中失掉了夜间的明亮;而且一条老虎在深山中,当炯炯的眼睛里渐没有了射人的光而身躯渐渐看得出来时,那与山岩比起来将是如何渺小的一头无能的动物啊!但他却仍威严的把头抬起,看这整个宇宙的大变动,在这老虎的眼里将有着如何说不出的情绪,当他偶尔对着那消淡了微小了的星辰,这一对眼睛能不有一些凝视吗?"

诗人越来越觉得头两句之后的纤弱，曾经在这两句之后加了一句"银色的星月与山河"；后来又觉得是画蛇添足，"适足以打破原来浑然的气度"，于是又去掉了。

几经改写，这首诗就变成了：

> 破晓中天旁的水声
> 深山中老虎的眼睛
> 鱼白的窗外鸟唱
> 如一曲初春的解冻歌
> （冥冥的广漠里的心）
> 温柔的冰裂的声音
> 自北极像一首歌
> 在梦中隐隐的传来了

末句似有无穷韵味，但直到最后，诗人终于又加了一句：

> 如人间第一次的诞生

"添这句时我心里真有说不出的高兴，在我的诗里，我从来没有如此大胆过；我永远只怕我的话太夸张，怕我的字面胜过了我内在的情绪；在我的诗里简直难于找出这种口气这么大这么直率的句子,然而我这回用了;而且用上后是如此的使得这诗更雄厚,更自然,更一点不见有取巧的痕迹;真是令内在充实的情绪自己形成自己的表现了!……我写出这一句时几乎从椅子上跳起来。"

戴望舒《萧红墓畔口占》

> 走六小时寂寞的长途,
> 到你头边放一束红山茶,
> 我等待着,长夜漫漫,
> 你却卧听着海涛闲话。

一九四二年一月,萧红在日军占领下的香港病逝,草草地葬在浅水湾。这一年十一月间,叶灵凤、戴望舒第一次拜谒了萧红墓。叶灵凤回忆,当时有一位日本记者陪同前去,"因为浅水湾还是禁区,只有靠了这位日本记者的帮助,我们才可以进去的。三个人在荒凉的浅水湾找了一个下午,终于在海边丽都酒店附近找到了"。"我们放下了带去的花圈,又照了两张相。这两张相片,在当时本是由于偶然的机缘才得以留下来的鸿爪,不料十五年后竟成了借以确定她的葬处唯一可以依赖的材料了。"

萧红晚年最重要的作品《呼兰河传》,一九四〇年在戴望舒主编的《星岛日报》副刊《星座》连载。萧红病逝后，一九四二年三月，戴望舒被日本宪兵逮捕，关了七个星期的土牢，遭受了种种酷刑。狱中心情，见于名篇《狱中题壁》和出狱之后写的《我用残损的手掌》。从第一次拜谒萧红墓，到一九四四年写出《萧红墓畔口占》，时间已经过了两年。

诗人臧棣写过一篇文章，题为《一首伟大的诗 可以有多短》，称：在新诗史上，十行以内的短诗，没有一首能和《萧红墓畔口占》相媲美。"这首诗最令人吃惊的地方，就在于展露了一种诗歌的成熟。这种成熟不仅涉及到诗人的心智（特别是生与死，自然与人生的关系，对自身境况的意识），也洋溢在诗歌的语言上（如此干净，朴素，洗练，而又富于暗示性）；更为重要的，还在于其中所包含的不同层面的成熟之间的相互协调。"

诗人在表达感情时，非常克制，这种克制出自于一种深沉的品质。诗的叙述看上去是平淡的，"走六小时寂寞的长途，／到你头边放一束红山茶"；可是稍稍想想，你就会感受到，一个人步行六小时到另一个人墓前凭吊，其中蕴涵着怎样诚挚的友情和怀念。这首诗最初发表的时候，第二行是"到你头边偷放一束红山茶"，一个"偷"字，透露出当时环境的险恶。诗人后来删去"偷"字，叙述表面上显得更为平静。"红山茶"这一隐喻，既可视为诗人对萧红的赞美，也可看作是诗人自身精神品格的表达。

诗的后两行是"我"和"你"之间状态的比照，也是两颗心灵之间无言的对话。"生者等待着长夜漫漫，对自己亦是对民族命运的叩问，死者倾听海涛闲话，映现绵延无尽的生命沉思；""海涛闲话"具有"广阔和连绵不断的特征"（王文彬《本事和隐喻》）。也可以这样理解：戴望舒实际上懂得，在"你却卧听着海涛闲话"这种情景中，"安详、恬淡、超然，甚至某种冷淡，都构成了对人生的评价，并将这评价延展到对生与死的领悟中。此外，'闲话'一词，还给这首诗带来了一种特殊的反讽意味，这种意味反过来又揭示了诗人内心的成熟，特别是在面对命运多舛的人生的时候"（臧棣《一首伟大的诗 可以有多短》）。

艾青《我爱这土地》

> 为什么我的眼里常含泪水？
> 因为我对这土地爱得深沉……

"土地"是艾青诗歌创作的无尽源泉与中心意象，这广大的土地，承载着一个民族的灾难，与生于斯、逝于斯的人民血肉相连。

《我爱这土地》之前，《雪落在中国的土地上》已经充分体现出了艾青式的"忧郁"，这是构成艾青诗歌艺术个性的基本要素。艾青在《诗论》里说过："叫一个生活在这年代的忠实的灵魂不忧郁，这有如叫一个辗转在泥色的梦里的农夫不忧郁，是一样的属于天真的一种奢望。"但是，艾青有能力"把忧郁和悲哀，看成一种力！把弥漫在广大的土地上的渴望、不平、愤懑……集合拢来，浓密如乌云，沉重地移行在地面上"。

《我爱这土地》在"忧郁"之外，强烈地抒发着激越的感情。在《雪落在中国的土地上》里，诗人萦绕于心的是："中国，/我的在没有灯光的晚上/所写的无力的诗句/能给你些许的温暖么?"到《我爱这土地》里,则是义无反顾的行动,"用嘶哑的喉咙歌唱",死了就"腐烂在土地里面"。

穆旦青年时代曾经这样谈到艾青的诗:"做为一个土地的爱好者,诗人艾青所着意的,全是茁生于我们本土上的一切呻吟、痛苦、斗争和希望。他的笔触范围很大,然而在他的任何一种生活的刻画里,我们都可以嗅到同一'土地的气息'。这一气息正散发着芳香和温暖在他的诗里。从这种气息当中我们可以毫不错误地认辨出来,这些诗行正是我们本土上的,而没有一个新诗人是比艾青更'中国的'了。"(《〈他死在第二次〉》)

穆旦《春》

绿色的火焰在草上摇曳,
他渴求着拥抱你,花朵。
反抗着土地,花朵伸出来,
当暖风吹来烦恼,或者欢乐。
如果你是醒了,推开窗子,
看这满园的欲望多么美丽。

蓝天下,为永远的谜迷惑着的
是我们二十岁的紧闭的肉体,
一如那泥土做成的鸟的歌,
你们被点燃,却无处归依。
呵,光,影,声,色,都已经赤裸,
痛苦着,等待伸入新的组合。

青春的欲望是强烈的,如绿草燃起了"火焰"——"火焰"

给人以灼烧的感受；欲望"渴求着"实现，但这实现是艰难的，需要突破沉重的压抑，诗人在这里用了力量感很强的词——"反抗"——花朵"反抗着"土地，才能开放出来。暖风吹来"烦恼，或者欢乐"，实际上更可能是烦恼和欢乐纠缠在一起，恰如青春是痛苦和幸福纠缠在一起的结合体。

二十岁的肉体"渴求着"突破禁锢，却被紧紧地闭锁着。生命在这一阶段，就像鸟本能地要展开喉咙歌唱，不歌唱还成其为鸟吗？但是这青春的鸟，却是"泥土做成的"，发不出声音来。这就是，"你们被点燃，却无处归依"。

强烈的肉体敏感是幸福也是痛苦，青春期的精神也往往呈现这种特征：强烈地想歌唱，却无从唱出，"一如那泥土做成的鸟的歌"。

曾卓《有赠》

一捧水就可以解救我的口渴,
一口酒就使我醉了,
一点温暖就使我全身灼热。
那么,我能有力量承担你如此的好意和温情么?

我全身颤栗,当你的手轻轻地握着我的,
我忍不住啜泣,当你的眼泪滴在我的手背。
你愿这样握着我的手走向人生的长途么?
你敢这样握着我的手穿过蔑视的人群么?

曾卓《有赠》一诗写于一九六一年,这首诗将他与所爱的人分别六年之后会面的情景,细致入微地呈现了出来。一九五五年,曾卓因"胡风案"而失去自由;六年之后与相爱的人相见,政治囚徒的身份仍然没有改变。这也就可以理解,为什么在久别重逢的情境中,诗人对爱的渴望是那么强烈,表现出来却是那么惶恐和小心翼翼。诗写得温柔,温暖,甚至散发着巨大的幸福感,然而带着伤痛的词语或句子,还是会压抑不住地出现,譬如:"我怀着不安的心情走进你洁净的小屋,/我赤着脚,走得很慢,很轻,/但每一步还是留下了灰土和血印。""血印"一词,在甜蜜的感受中显得十分刺目。

牛汉说《有赠》是"一曲深沉的哀歌",他说曾卓的诗,"即使是遍体鳞伤,也给人带来温暖和美感。不论写青春或爱情,还是写寂寞与期待,写遥远的怀念,写获得第二次生命的重逢……节奏与意象具有逼人的感染力,凄苦中带有一些甜蜜。它们极易引起读者的共鸣。他的诗句是湿润的,流动的;像眼泪那样湿润,像血那样流动"(《一个钟情的人》)。

虽然一点点的甜蜜和幸福就足以使诗人陶醉,诗人却无法沉浸在这个小屋的气氛之中,这个"洁净的小屋"被更大的残酷世界包围着,诗人不能不叩问自己:"我能有力量承担你如此的好意和温情么?"先自问,然后也叩问相爱的人:"你敢这样握着我的手穿过蔑视的人群么?"

"死生契阔,与子成说。执子之手,与子偕老。"(《诗经·邶风·击鼓》)这是不容易的事。

"握着我的手"之所以还需要问敢不敢,因为这不仅仅只是两个人之间的事,因为还要走出"洁净的小屋","穿过蔑视的人群"。

北岛《结局或开始》

> 我,站在这里
> 代替另一个被杀害的人
> 为了每当太阳升起
> 让沉重的影子像道路
> 穿过整个国土

回顾当年关于朦胧诗的争论,应该是有意义的。这场争论从一开始到最后结束,都不是一场文学观念之争,局限于文学这个狭隘的概念中,永远也看不清争论的实质。当时指斥朦胧诗不是诗的人无意中点到了要害:朦胧诗人中最优秀的分子所写的确实不是那种"催眠"的诗,它拒绝同声合唱,拒绝借许诺未来以达到遗忘过去的目的的"幸福意识",它要穿透普遍"诗情"的笼罩,发出不和谐甚至是刺耳的声音。从主流意识形态的立场上看,它当然是"非诗"。意味深长的是,在当时朦胧诗的支持者和反对者中,都有相当一部分人有意识地在文学范围内争论是非,单就"看不懂"的普遍论调来讲,一是暴露出文学基本感受能力的退化,另一方面,未尝就不是一种巧妙的托词:不是看不懂所写的是什么,而是经过"文革"摧残和"文革"后"幸福意识"的作用,彻底丧失了历史感和现实感,丧失了正视真实生存情境的能力。

从朦胧诗本身来看,晦涩的情况也确实存在。但同样需要强调的是,晦涩仍然不是一个在审美范畴内可以解释的问题,本质上它是一种受压抑、受排斥的话语不得不采取的表达策略,顺从主流意识形态的话语表达是不需要而且也不可能晦涩的,晦涩本身即包含对主流意识形态的反抗。

在新时期伊始,一切向前看的主流导向下,北岛决绝地发表着一首首向后看的诗,诗成为抗拒个人或民族自发或被迫失忆的"法门",成为自觉地承担历史和现实的阻碍重量的心灵形式。

作为历史的见证者和受难者,当一种新的现实开始的时候,"我"都要出场,都要在场,不仅是为了提醒,更是为了使现实真实起来。上引《结局或开始》里的这几行诗,可以概括北岛几乎全部作品的内涵,可以揭示北岛的写作和写作时代之间的一种紧张关系,正是与现实和历史之间的紧张关系,使北岛的诗获得一种既尖锐又厚重的文化冲力和审美效果。

"文革"结束以后,文学上向后看的视线引发了几乎是全民参与的轰动效应，一时之间，先"伤痕"、继"反思"，皆蔚为大观。但是，即使如此，北岛向后看的诗仍然是特立独行，有一种核心质的东西使之和一般向后看的文学相区别，傲然自成于潮流之外。这种核心质的东西即是关于时代连续一体的思想，它否认历史与现实是分裂的，所谓的分裂不过是意识形态的假象，而一般向后看的文学就接受了这种假象作为自己意识的基础，向后看成为一种现实所需要的姿态，历史成为新生现实的反衬，文学成为幸存者的文学——一句话，幸存者存活于新生的现实里，展示苦难，鞭挞历史。但是北岛拒绝承认自己是幸存者，拒绝承认全部现实的新生性，历史和现实之间，不是一种对照关系，它们并非各自孤立，而能够互相通达。正因为历史通向现实，所以为了保持现实感，必须向后取取历史；也因为看取历史的行为能够获得真实的现实意义，所以才能够与现实之间形成紧张、矛盾和冲突的关系，而不是把本身即具有重大意义的文化行为降格为只有在为现实服务的大前提下才被允许，才去实行。

> 而我们追随的是
> 思想的流弹中
> 那逃窜着的自由的兽皮
> 昔日阵亡者的头颅

如残月升起

越过沙沙作响的灌木丛

以预言家的口吻说

你们并非幸存者

你们永无归宿

新的思想呼啸而过

击中时代的背影

一滴苍蝇的血让我震惊

(《白日梦》)

在北岛那里,自我是一个明确的概念,它在与它所否定的东西的对立中确立了文化立场和坚定的形象,它可以用一个类的概念来替换,比如,"在没有英雄的年代里/我只想做一个人"(《宣言》),"我"和"人"是同一的。北岛是站在一片文化废墟之上的,在最基本的价值规范被践踏、被摧毁之后,他所要求的,就只能是最基本的内容,合理的社会和人生必须先要有一个前提。这样的文化反抗的悲剧性,正如北岛自己所表达的那样,"这普普通通的愿望/如今成了做人的全部代价"。

崔健《一块红布》

> 那天是你用一块红布
> 蒙住我双眼也蒙住了天
> 你问我看见了什么
> 我说我看到了幸福

一九八六年五月九日,以纪念"国际和平年"为宗旨的中国百名歌星演唱会在北京工人体育馆举行,名不见经传的崔健跑到舞台上发出了"一无所有"的呐喊,像喊出了一个时代的感受,触动了时代特别敏感的一根神经。

当崔健第一次以摇滚的形式表达自己的时候,一代青年人,特别是年轻的知识者和受教育者,似乎一下子发现了恰切表达自我的形式,同时发现了自我表达的替代者。

《一块红布》是崔健第二张摇滚专辑《解决》里面的一首歌。如果说在《新长征路上的摇滚》时期,精英式的文化心态使崔健必须注意感受性所包含的思想深度,保持一种自省和自律的精神,那么,《解决》则充分敞开了个体自我的感受性,去掉了精英式心态必然内含的拘谨,淋漓尽致,纵放悲歌,像《解决》,像《这儿的空间》,像《投机分子》,在最基本的意义上,都是力量和欲望以直接、痛快、放肆的方式在绝望中宣泄。就这一点而论,颇接近王朔最早引起文坛不安的那些小说了。

但从骨子里,崔健仍然保持了他自己的精神内核和表达方式,一以贯之,力避浅俗,更趋深广。《一块红布》即从个人的感受,上升为一代人的精神履历,一首历史的悲歌:

> 那天是你用一块红布
> 蒙住我双眼也蒙住了天
> 你问我看见了什么
> 我说我看到了幸福
>
> 这个感觉真让我舒服
> 它让我忘掉我没地儿住
> 你问我还要去何方
> 我说我要上你的路
>
> 看不见你也看不见路
> 我的手也被你攥住

你问我在想什么

我说我要你做主

我感觉你不是铁

却像铁一样强和烈

我感觉你身上有血

因为你的手是热乎乎

我感觉这不是荒野

却看不见这土地已经干裂

我感觉我要喝点水

可你用吻将我的嘴堵住

我不能走我也不能哭

因为我的身体已经干枯

我要永远这样陪伴着你

因为我最知道你的痛苦

北岛在《履历》一诗中,曾写到同样的经验:

我弓起了脊背

自以为找到表达真理的

唯一方式，如同

烘烤着的鱼梦见海洋

万岁！我只他妈喊了一声

胡子就长出来

纠缠着，像无数个世纪

    崔健没有北岛这样冷峻，其间有这样一个差别：北岛写当时的经验，却加进了醒悟后的意识，以后来的清醒的眼光审视过去，显得愤怒而又有理性；崔健更注意直接袒露当时的经验，那是一种毫无理性可言的经验，是一种被"幸福"的虚假许诺迷醉了的经验。崔健这首歌的独特之处在于，它表达出了历史和人之间的难言的角色关系：明明是一出大悲剧，却在喜气洋洋的气氛和对未来的美好憧憬中上演。整首歌隐喻性地道出了一个令人难以接受的事实，即，人以被动和服从的态度，以和历史婚媾的方式，而成为荒唐和苦难历史的同谋。

    说到同谋，想起北岛有一首诗题目就叫《同谋》。两个人从不同角度达成基本一致的认识，从这里我们也许隐约可以理解，为什么两个人对这一块土地都有一种复杂情怀，而决不因为被欺骗、受压抑就弃之不顾，或者只抱一种单纯、浅薄的对立情绪。崔健唱"我要永远这样陪伴着你/因为我最知道你的痛苦"时，该是一种包含了多少辛酸无悔的心情呢？

王朔曾经这样谈到过崔健："我非常喜欢崔健的歌儿，我第一次听《一块红布》都快哭了。写得透！当时我感觉我们千言万语都不如他这三言两语的词儿。它写出了我们与环境之间难以割舍的、血肉相连的关系。可是现在又有了矛盾和这种矛盾的复杂的情感。那种环境毕竟给了你很多东西……我们青年时代的理想和激情都和那种环境息息相关，它一直伴随着你的生命。"王朔对崔健的认同，根源于历史对于一代人命运和情感的共同塑造。对于当下的社会现实，他们在感受、认识和行为等方面出现交叉点和重叠的部分，有着历史的根据和情理。王朔还特别评价崔健："我看他是我们国家最伟大的行吟诗人。他的反映当代的东西是最准的，比大而无当的、泛泛的文化的那种，我更能理解。"

欧阳江河《汉英之间》

> 一百多年了。汉英之间，究竟发生了什么？
> 为什么如此多的中国人移居英语，
> 努力成为黄种白人，而把汉语
> 看做离婚的前妻，看做破镜里的家园？究竟
> 发生了什么？我独自一人在汉语中幽居，
> 与众多纸人对话，空想着英语，
> 并看着更多的中国人跻身其间，
> 从一个象形的人变为一个拼音的人。

《汉英之间》写于一九八七年，上面所引是最后一段。

欧阳江河以相当的严肃和认真，描述和思考这样一种"语言移民"现象：表面上，是从"英语热"，到"疯狂英语"，到终于"移居英语"；"症候"的背后，是自从现代以来，中国人面对西方文化的复杂心理和行为方式。

提出和讨论这样一个关涉中国人一百多年的历史经验的重

要问题，使得这首诗具有不同一般的沉重感。

但欧阳江河的处理还是有些情绪化，有点简单化了。

现代汉语与其他语言发生接触，之间的关系也许并非就是截然的对立，毋宁说是互相缠绕在一起。现代汉语百年历史，它的生长就是在与各种力量的复杂缠绕中进行的。即以诗人自己写出的诗句而论，其中就内化了和并置着许多外来的语言因素。

从汉语"移居"英语，这一说法形象有力，却未免稍嫌表面。一个人真可以干干净净从一种语言移民到另一种语言上安居吗？这至少比改变国籍要困难得多。其中的苦恼，也许真需要同情的了解。

我的一位同乡朋友，这些年在纽约的一家律师事务所任职，我曾经收到她的 E-mail，说到语言的苦恼，平实而真切，照录一段如下："坐在办公室里看曼哈顿街上的人和车，总是觉得不安定。我好像不属于这里。其实我哪里也不属于了。从祖籍上讲，我是莱阳人，但我只去过两三次。我在招远长大，可我长大的房子现在早已变成街心花园了（招城的最中心）。几年以前有一天听我妈说，一场雨后，街心花园陷下去一块。我心里在说，可怜我儿时的那眼井啊，他们没法把你填平。上次回国，在父母面前讲招远话，我姐夫说，你别讲招远了，听着都别扭。其实我讲着也很累。尤其是这几年让英语给搅的。我觉得我患失语症了。英语说得不纯正,普通话也让周围的人(说中文的外国人或其他什么人)感染得经常用词不当。想当初,语文,不单是普通话还有语法,都是自己引以自豪的。现在早上一睁眼,不知道自己要发出什么声音,有时索性胡言乱语。有时候,我不知道我是谁,不知道自己以后要做什么,不知道将来会在哪里。去年回国要返回时,坐在从招远去烟台的车上,心里在想,从招远到纽约的路好长啊。怎么会就没有计划,没有蓄谋地走了那么远呢?"

我之所以抄这段话,是因为里面有具体的感动人的东西,有一个普通中国人的真实声音。相比之下,抽象地讨论语言问题,抽象地讨论文学语言问题,特别是想给文学的现代汉语找到某种抽象的规定性/主体性的作家和理论家们,显得好像不是在生活中了。

图书在版编目（CIP）数据

诗的消息，诗人的故事 / 张新颖著. -- 上海：上海文艺出版社，2024. -- ISBN 978-7-5321-9037-9

Ⅰ. I267.1

中国国家版本馆CIP数据核字第20241YY094号

发 行 人：毕　胜
策 划 人：李伟长
责任编辑：胡曦露
装帧设计：千巨万工作室·任凌云

书　　名：诗的消息，诗人的故事
作　　者：张新颖
出　　版：上海世纪出版集团　上海文艺出版社
地　　址：上海市闵行区号景路159弄A座2楼　201101
发　　行：上海文艺出版社发行中心
　　　　　上海市闵行区号景路159弄A座2楼206室　201101　www.ewen.co
印　　刷：上海盛通时代印刷有限公司
开　　本：787×1092　1/32
印　　张：9
插　　页：5
字　　数：163,000
印　　次：2024年8月第1版　2024年8月第1次印刷
Ｉ Ｓ Ｂ Ｎ：978-7-5321-9037-9/I.7113
定　　价：76.00元
告 读 者：如发现本书有质量问题请与印刷厂质量科联系　T: 021-37910000